感动心灵：最受欢迎的微型小说名家

荡不起来的秋千

——刘国芳哲理小说

刘国芳 著

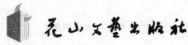

花山文艺出版社

图书在版编目(CIP)数据

荡不起来的秋千:刘国芳哲理小说 / 刘国芳著
石家庄:花山文艺出版社, 2005(2021.8 重印)
（感动心灵:最受欢迎的微型小说名家名作）
ISBN 978-7-80673-713-2

Ⅰ.①荡… Ⅱ.①刘… Ⅲ.①小小说 – 作品集 – 中国
– 当代 Ⅳ.①I247.8

中国版本图书馆 CIP 数据核字(2005)第 082373 号

丛 书 名:感动心灵:最受欢迎的微型小说名家名作系列
书　　名:**荡不起来的秋千**
　　　　　——刘国芳哲理小说
著　　者:刘国芳

策　　划:张采鑫　滕　刚
责任编辑:于怀新
特约编辑:高长梅
美术编辑:齐　慧
责任校对:童　舟
装帧设计:大象设计工作室
出版发行:花山文艺出版社(邮政编码:050061)
　　　　　(河北省石家庄市友谊北大街 330 号)
销售热线:0311-88643221
传　　真:0311-88643234
印　　刷:永清县晔盛亚胶印有限公司
经　　销:新华书店
开　　本:787×960　1/16
字　　数:190 千字
印　　张:13.75
版　　次:2005 年 9 月第 1 版
　　　　　2021 年 8 月第 2 次印刷
书　　号:ISBN 978-7-80673-713-2
定　　价:39.90 元

目 录 CONTENTS

刘国芳哲理小说

ZHELIXIAOSHUO

刘国芳哲理小说

4

第一辑

儿童时光

孩 子 和 车

女人到家里后脸上还挂着笑，先生看见了，先生说："不生气啦？"

一

孩子想要一盒水彩笔，孩子去问大人要钱，孩子说："爸，给我钱。"

孩子的大人最怕孩子要钱，大人下岗很久了，也没找到事做，大人在孩子问过后凶起孩子来，大人说："又要钱做什么？"

孩子说："买水彩笔。"

大人说："多少钱？"

孩子说："10块。"

大人说："我哪有这么多钱，不买。"

孩子说："老师要买的。"

大人说："老师要买就让老师给你买，我没有钱。"

孩子就没什么好说了，他嘟嘟嘴，生着气走了出去。

刘国芳哲理小说

2

二

女人想要一辆车,那种红颜色的小轿车,本田、丰田、奥迪都可以,女人跟先生商量,女人说:"我们买一辆车吧。"

先生没答应女人,先生说:"我现在最想你生个孩子,不是车。"

女人说:"不是说好了过几年再生吗?"

先生说:"可是我现在很想要个孩子。"

女人说:"不行,我们先买车,这是你答应了的。"

先生说:"有了车你更野了,我不能答应你。"

女人说:"你说话不算数。"

先生说:"就算我失信一次吧,下不为例,你要什么我都依你。"

女人没什么好说了,女人嘟嘟嘴,生着气出门了。

三

女人和孩子在街上碰见了,女人看出孩子在生气,女人和孩子在一条街上住着,女人认得孩子,她跟孩子说:"你怎么不高兴呀?"

孩子也认得女人,孩子说:"爸爸不给我买水彩笔。"

女人说:"你爸爸为什么不给你买呀?"

孩子说:"我爸爸没有那么多钱。"

女人说:"要多少钱呀。"

孩子说:"10块钱。"

女人说:"你爸爸还没找到事做吗?"

孩子说:"没有。"

女人说:"那阿姨给你买。"

孩子说:"我爸爸说不能要别人的东西。"

女人说:"等你爸爸找到事做,你让他把钱还给我就可以呀。"

孩子觉得这是个好办法,孩子忽然笑了,孩子说:"谢谢阿姨。"

说着话时,女人带孩子走进了商店,给孩子买了一盒水彩笔。

从商店里出来,孩子也发现了女人不高兴,孩子于是问女人说:"阿姨,你好像也不高兴,是吗?"

女人点点头。

孩子说:"阿姨你为什么不高兴呢?"

女人说:"我让我家先生买辆车,他不买。"

孩子听了,笑起来,孩子说:"阿姨为何不高兴呀,我给阿姨一辆车。"

孩子说着,拉着女人往家里去。

不一会儿就到了,孩子在家里找出纸,又把刚才女人买给他的水彩笔拿出来,然后在纸上画起来。

孩子画了一辆车。

画好,孩子把画递给女人,孩子说:"阿姨,你看这辆车好看吗?"

女人说:"好看。"

孩子说:"那我把这辆车送给阿姨。"

女人笑了。

四

女人到家里后脸上还挂着笑,先生看见了,先生说:"不生气啦?"

女人说:"哪能一直生气呢。"

先生说:"不生气就好,你硬是要车,我也只好依你。"

女人说:"不,我现在想要个孩子。"

先生有几秒钟没有反应过来,随后先生反应过来了,先生一激动,把女人抱了起来。

一个女孩叫张云

父亲每天都盼着张云回来，而且天天张云张云地喊着，但没人应他。

一个女孩出生了，女孩的父亲要为女孩取名字，做父亲的拿出字典来，把一些可以做女孩子名字的字找出来写在纸上：青、琴、芹、云、影、韵，兰、荷、梅、莲、菊，风、霜、雨、雪、雾等等。父亲姓张，把那些字列在纸上，他又逐个把姓连起来：张青，张琴，张兰，张梅……念了许久，父亲还是不能确定女孩叫什么好，最后，父亲把那些字拿给还在坐月子的女孩的母亲看，做母亲的看了许久，开口说："还是叫一个简单好记的吧，我看叫张云就很好。"

就有一个女孩叫张云。

此后，做父亲的便整天张云张云地叫：

张云饿了，给她喂奶。

张云乖，不哭。

张云会笑了。

到张云大些，父亲同样整天叫她：

张云，吃饭了吗？

张云，帮爸爸拿双筷子。

张云,帮爸爸买包烟。

张云还大些,父亲照样天天叫着:

张云,下雨了,快去帮妈妈送伞。

张云,中午你自己煮饭吃。

父亲任何时候喊张云,张云都脆脆地"哎——"一声,父亲让她做什么,张云就做什么。为此,在父亲眼里,张云从来都是一个听话的孩子。

但有一天,张云不听话了。

张云找了个对象,父亲不同意。父亲跟张云说:"张云,找对象的事不要太急,再缓缓,会碰到更好的。"张云说:"我就觉得他很好。"父亲说:"他连工作都没有,好什么好。"张云说:"难道没有工作的人就不要找对象吗?"父亲说:"没有工作,他拿什么养活你。"张云说:"我自己有一双手,我怎么会要他养我。"父亲说:"到时候过苦日子可别后悔。"张云说:"我不后悔。"父亲说:"我这是为你好。"张云说:"你为我好就别干涉我。"父亲说:"这件事我就要干涉你,我不同意你跟他好。"张云说:"你干涉也没有用,我就要跟他好。"

那段日子,父亲每天都跟张云说这些,但没有一次说动过张云。有一天父亲就生气了,父亲说:"你要跟他好,就滚出去,我就当没有你这个女儿。"

张云就抹了抹眼泪,跑了出去。

父亲在张云跑出去时,张云张云地喊起来,但张云没回头,跑走了。

张云离开后再没回来。

父亲每天都盼着张云回来,而且天天张云张云地喊着,但没人应他。后来,父亲就去报上登了寻人启事。父亲在启事上说:"父亲错了,张云你回来吧。"把启事登出,父亲甚至又把字典找了出来,他想如果张云回来了,就让他们结婚。等他们有了孩子,他还给孩子取名,父亲于是又把一些可以做名字的字写在纸上:青、琴、芹、盈、影、韵、兰、荷、梅、莲、菊、风、霜、雨、雪、雾等等。

父亲觉得上面哪一个字做名字都好听。

但张云还是没回来。

父亲只好天天上街去找。

刘国芳哲理小说

有一天父亲就在街上听到一个人喊："张云,张云——"

父亲睁大了眼睛。

但应声的,只是一个小女孩。

一个也叫张云的小女孩。

但父亲还是跟着这个小女孩走了很远。后来,小女孩发现父亲跟着她,就回头问了一句,小女孩说:"大伯,你怎么跟着我。"

父亲说:"我也有一个女儿叫张云。"

说着,父亲流泪了。

7

荡 不 起 来 的 秋 千

牵　挂

> 儿子突然觉得，更让人牵挂的，是母亲。

做女孩时，她就会牵挂父亲。中午和晚上的时候，父亲没回来吃饭，她就会打父亲的手机：

"爸，你在哪里呀？"

"在外面吃饭哩。"

"不要喝酒。"

"知道。"

"早点儿回家。"

"好。"

有好长一段时间，女孩总这样打电话给父亲。做父亲的有时候在外面吃饭，一听到手机响，就会跟人家说我女儿打来的。一起吃饭的人就说："你女儿真乖。"做父亲的笑一笑，把手机放耳朵边说："乖女儿，爸在外面吃饭。"

"爸，不要喝酒。"

"知道。"

"早点儿回家。"

"好。"

　　后来,她就为人妻了。这时,她总牵挂着丈夫,中午和晚上的时候,丈夫没回来吃饭,她就会打丈夫的手机:

　　"怎么还不回家呀?"

　　"在外面吃饭哩。"

　　"不要喝酒。"

　　"知道。"

　　"早点儿回家。"

　　"好。"

　　有好长一段时间,她总这样打电话给丈夫。做丈夫的有时候在外面吃饭,一听到手机响,就会跟人家说我妻子打来的。一起吃饭的人就说:"你妻子真好。"做丈夫的笑一笑,把手机放耳朵边说:"我在外面吃饭哩。"

　　"不要喝酒。"

　　"知道。"

　　"早点儿回家。"

　　"好。"

　　再后,她为人母了。现在,她总牵挂着儿子。在儿子外出读书的那些年里,她总是打电话给儿子:

　　"儿子,身体还好吗?"

　　"蛮好。"

　　"要多吃饭,正是长身体的时候。"

　　"知道。"

　　"要努力读书。"

　　"知道。"

　　"要团结同学。"

　　"知道。"

　　儿子后来一拿起话筒,就知道是母亲打来的,儿子总是先开口说:"妈妈,我身体蛮好。"

　　"这就好,记住要多吃饭,正是长身体的时候。"

　　"知道。"

"要努力读书。"

"知道。"

"要团结同学。"

"知道了妈妈，我觉得你好啰嗦哦，但还是谢谢妈妈！"

儿子一天回来了，看见妈妈脸上长了很多皱纹，头上，也长出了许多白发。

儿子发现妈妈老了。

儿子突然觉得，更让人牵挂的，是母亲。

荡不起来的秋千

这些大人，还不如一个孩子。

可儿是我们楼里的一个孩子。

可儿喜欢荡秋千，那秋千吊在院里一棵大树下，我从楼下走过，总看见可儿在秋千上荡，荡得老高。楼里很多孩子，没人荡得可儿那么高。当然，荡秋千只是一种游戏，可儿荡得高，只证明他会玩。可这个可儿，不但会玩，也会读书。从小学一年级到五年级，可儿一直当班长，是班上成绩最好的孩子。不仅如此，可儿还会画画，是个小画家。

可儿从6岁起开始学画画。7岁的时候，他的画就在市里得了一等奖。9岁的时候，又在省里得一等奖。11岁时，在全国得了一等奖，还得了5000块奖金。得奖的消息在我们楼里传开后，一楼的人都羡慕。那些天，我在楼道里进进出出，听的最多的是这样一句话：可儿这孩子真不错，要我们的孩子能像可儿这样就好。

一个人优秀了，就会成为别人的榜样，可儿就成了我们楼里的榜样。有大人教育孩子，总说："你要向人家可儿学。"也有大人说："要我们家孩子能像可儿这样就

好。"一天电视台来采访可儿，楼里的大人都牵着孩子在外面看，他们都跟孩子说："你要努力呀，像可儿一样有出息。"

所有的孩子都点头。

这些大人，不但这样说，也开始在行动上学。可儿对面一个大人，以前让他们的女儿小杏学拉小提琴。拉了一阵，觉得进步不大，于是他们毅然让小杏停了琴，也像可儿一样，学画画。可儿楼下一个李丽，他们大人让她学舞蹈好几年了，可儿获了奖后，他们大人觉得李丽学舞蹈没一点儿出息，也改行让李丽学画画。可儿楼上还有一个小亚，练习吹号，也练了几年，逢年过节，还跟着学校的鼓乐队出去活动，但小亚的大人后来也让小亚学画画。楼里还有些大人，也让孩子像可儿一样学画画。一时间，可儿所在的那个画室陡增了许多人，挤的可儿都没地方画了。

但许久过去，这些学画的孩子并没有大的出色，可儿对面那个小杏，画了大半年了，画个人出来还像个妖魔鬼怪。小杏的大人就不高兴，总是骂女儿说你怎么这么笨呀。有一次，还打了小杏两巴掌，气得小杏扔了笔，不画了。可儿楼下那个李丽，对画画一点儿兴趣也没有，老师让她画画，她画了一阵，站起来伸腿踮脚，做舞蹈动作。这样，李丽的画也是一塌糊涂，弄得大人愁眉苦脸，老是凶巴巴地对孩子说你不把画画好，不要吃饭。其他的大人，也是这样，看见孩子画画的不好，便唉声叹气，叹过后就骂孩子，甚至打孩子。也有些人，把孩子拉到可儿家里来，问可儿你的画怎么画的这么好呢？教教我孩子吧。可儿也是个孩子，他只会画画，他不知道怎样去教人家。

这一天可儿穿了一套天蓝色的衣服，衣服的领子后面有几道白杠，前面也有，像海军穿的。这衣服好看，穿在可儿身上，让可儿更好看了。几天后，楼里的孩子都穿着这样的衣服。我开始以为这是学校里发的校服，后来明白了，那不是校服，楼里的大人见可儿穿的好看，也为孩子做了一套。大概，他们都想让自己的孩子像可儿。

这怎么可能呢。

可儿后来又有一幅画获了奖，这幅画叫《秋千荡不起来了》。画的是一棵大树，树上吊着十几只秋千，每只秋千上都有人，因吊的秋千太多了，秋千互相撞着，荡不起来。

　　我们楼里很多大人看过这幅画，但他们没把画看懂，这些大人一脸茫然地站在画前，还说："那棵树上怎么可能挂那么多秋千呢？"

　　这些大人，还不如一个孩子。

草　帽

孩子每次都戴着那顶旧草帽，一直扶着板车，跟在后面走。

　　大人把一顶草帽戴在孩子头上，然后带孩子出门了。大人去城里卖西瓜，拖了满满的一板车西瓜往城里去。孩子扶在板车后面走，上坡的时候，大人跟孩子说："用力推。"孩子听了，在后面用力，大人明显就能感到板车轻了。上了坡后，大人会说："莫用力。"说着，回头看一下，但大人见不着孩子，大人只看见板车后面一顶旧草帽，草帽已经发黑了，帽檐往下耷，把孩子整个脸都遮住了。

　　有好长一段时间了，孩子都跟着大人出门卖西瓜。孩子每次都戴着那顶旧草帽，一直扶着板车，跟在后面走。上坡的时候，用力推，下坡的时候，跟着跑，有时候还扒在板车上，让板车拖着。城里不是太远，一个小时或一个多小时，就到了。

　　现在，又到城里了。一进城，大人又会回一下头，大人看着孩子，但大人仍然没看见孩子，他只看见一顶黑黑的旧草帽。但这就等于看见孩子了，大人这时会跟孩子说："拉着板车，不要走失了。"

孩子点点头。

大人看见草帽动了动。

很快就到了卖西瓜的地方了，孩子看看，还是老地方。孩子便仰起头，仰得老高，问着大人说："怎么又在这儿卖呀？"

大人说："这儿好卖。"

孩子说："别的地方不好卖吗？"

大人说："别的地方不熟。"说着，大人把孩子牵到路边，跟孩子说："你坐这儿，莫走。"

孩子就在路边坐下来，头勾着，把一顶旧草帽对着大人。

大人这时候不会注意孩子了。有人来买瓜了，大人忙着卖瓜。有买几个的，大人称好后还要帮人送去。走的时候大人跟孩子说："看着瓜。"孩子就点点头，但大人看见的，还是草帽动了动。

大人很快回来了。

又一个人来买瓜，是个女人，卖了好几只，称好，也要大人送，大人就把几个瓜放进一只编织袋里。但还有两个，放不下。那买瓜的女人见了，抱起一个。还有一个，大人就让孩子抱着，大人说："跟我一起送过去。"

孩子说："我要在这儿看着瓜呀。"

大人说："不要紧，天天在这儿卖，熟了，没人会动我们的瓜。"

孩子就抱了瓜，随着大人跟了那女人去。

不远，一会儿就到了。把瓜送到那女人家后，孩子看见里面也有个男孩，和他一样大。两个孩子互相看了看，还笑了笑。

买瓜的女人很客气，孩子和大人把瓜放下后，她问着说："大热的天，你们渴了吧，喝口水吧。"

大人说："不要。"但说过，大人又问着孩子说："你要喝吗？"

孩子点点头，他还戴着草帽，实际上，还是草帽动了动。但孩子喝水时，把草帽拿了下来，帽檐太低，孩子戴着草帽便喝不到水了。在孩子喝水时，那男孩把草帽戴在头上了，也就是说，女人的孩子把草帽戴在头上了。孩子的大人没去注意男孩，他在屋里到处看着，边看边说："你们家里装修的真好，太漂亮了。"说着，就看见一个孩子戴着草帽站在那儿，大人便知道孩子喝完水了，于是大人拉着孩子走了出来。

很快，他们回到了卖瓜的板车边。大人跟孩子说："你在这儿坐着，我卖瓜。"

说着，一个人就过来买瓜了。

那喝水的孩子，只顾仰着头喝水，没看见大人走了，等他喝了水，大人不见了。孩子就急了，慌忙跑出来，还喊："爸爸，爸爸呢？"

好在大人就在不远的地方卖瓜，孩子走了一会儿，就看见大人了。孩子赶紧走过来，然后站在大人跟前。大人正忙着卖瓜，见一个孩子在跟前碍手碍脚，便推了孩子一下，还说："去去去，哪里的孩子站在这儿，要吃瓜，叫你大人来买。"

这一说，孩子呜一声哭了。

走　神

他叹了一声,他
说:"人老起来很快,
说老就老了。"

　　他坐在教室里上课,但静不下心来,老是走神。教室外面有一棵大樟树,树下有一个放牛的大孩子,还有一个搓草绳的汉子和一个坐在树下打瞌睡的老人。他坐在窗口不时地走神,左一眼右一眼地看他们。老师当然发现他走神了,老师走到他跟前敲了敲桌子,老师说:"刘平不要走神。"

　　他慌忙集中精力看着黑板。

　　但过了一会儿,他又走神了。

　　后来,他还走了出去。

　　他也走到了树下,树下那个大孩子还在,仍牵着牛。他走过去,跟大孩子说:"你为什么在这里放牛呢?"

　　大孩子说:"我没读过书。"

　　他说:"没读过书的人只能放牛吗?"

　　大孩子嗯一声。

　　他说:"你以后做什么呢?"

　　大孩子回答不出来。

　　那个搓绳的汉子也在,汉子抬头看了看他,替大孩

子做了回答,汉子说:"以后像我一样,搓草绳。"

他就看着搓绳的汉子,并走过去,他说:"是不是你也没读书,才在这里搓绳。"

汉子点一点头,汉子说:"不愧是读书的孩子,你真聪明。"

他说:"你以后做什么呢?"

汉子也回答不出来。

汉子边上坐着老人,老人抬眼瞥了瞥他,替汉子做了回答,老人说:"以后他就像我一样,老了。"

他又看着老人,也走过去,他说:"爷爷以前也搓过绳吗?"

老人点一点头,老人说:"搓过。"

他说:"那爷爷以前是不是也放过牛?"

老人又点一点头,老人说:"放过。"

他说:"这些都是什么时候的事,你还记得吗?"

老人说:"这些好像就是刚才的事。"

他说:"怎么会是刚才的事呢,爷爷你已经很老了呀。"

老人说:"人老起来很快,说老就老了。"

他还想问老人,但不知道问什么。

便不做声,只坐在老人身边。

也不知坐了多久,忽然学校的铃响了,铃一响过,很多孩子从教室里跑了出来。

一个孩子走近了他。

孩子看看他,开口了,孩子说:"爷爷,你一直坐在这里吗?"

他很吃惊了,他说:"你喊谁?"

孩子说:"喊你呀。"

他说:"我是老人吗?"

孩子说:"是呀,你很老了,你一直就这么老吗?"

他说:"不是,我刚才还很年轻。"

孩子说:"那么你现在怎么这么老呢?"

他叹了一声,他说:"人老起来很快,说老就老了。"

孩子不再做声了,坐在那儿。

忽然学校的铃响了。

孩子没动，仍坐着，但这时一个声音喊起他来："刘平，上课了，没听到打铃吗？"

孩子慌慌地跑进了教室。

他好像跟着孩子跑了进去。

他又坐在教室里。

教室外面樟树还在，树下有一个放牛的大孩子，还有一个搓草绳的汉子和一个坐在树下打瞌睡的老人。

他再不敢看他们。

他怕走神。

蝉

刘国芳哲理小说

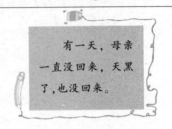

有一天,母亲一直没回来,天黑了,也没回来。

蝉是个小女孩,才5岁,她是在乡下的外婆家出生的。她出生时,外面满世界的蝉叫个不停,外婆便给她取名蝉。但后来,这个叫蝉的女孩却很少看到蝉了。蝉出生后不久,就随父母进城了。城里到处是高楼大厦,没有蝉,蝉看不到那些和她叫一样名字的小东西。不过,很少看到并不是看不到,偶尔,母亲会把蝉带到乡下的外婆家去。这时候,蝉看得到蝉了,那些蝉爬在高高矮矮的树干上,拼命叫个不停。蝉一到乡下,就屁颠屁颠跟在一些小孩子后面,跑个不停。那些孩子,手里都拿着一根竹竿,竹竿上面绑着了个袋子,孩子看见树上有蝉,爬上树去,然后把绑着袋子的竹竿伸过去。有东西靠过来,蝉飞起来,但蝉飞不走,它飞进了袋子。蝉每次到外婆家,都看见那些孩子罩住了好多蝉。蝉拼命都想飞出去,不停地叫着,但蝉怎么也飞不出去。

蝉喜欢到外婆家来,喜欢看蝉,也喜欢跟在那些小孩后面玩。有时候,蝉的外婆也会给蝉绑一个袋子,让蝉去捕蝉。但蝉太小了,笨手笨脚,从来没捕到过蝉。

现在，蝉又跟母亲到了外婆家。外婆村里到处是蝉，都爬在树上。蝉见了，手就痒了，赶紧拿了一根绑了袋子的竹竿出来，然后屁颠屁颠跟在一些孩子后面，去捕蝉。但那些孩子大，跑得快，他们很快跑没影了。

蝉就一个人玩，她看见一棵很高的树上爬着许多蝉。蝉笑了，把竹竿伸过去。但竹竿太短，够不着。蝉想了想，抱着树爬起来，也像那些孩子一样爬起树来。蝉抱着树，两只脚一蹭一蹭，就爬到树上了。到了树上，蝉很高兴，她没爬过树，没想到自己也爬上树了。但在树上，蝉还是没捕到蝉。一些蝉在蝉爬树时就飞走了。还有一些蝉在蝉把竹竿靠过去时也飞走了。后来，树上的蝉差不多都飞走了，只有一只蝉在树顶上。蝉拿竹竿去捕它，但够不着。蝉于是又往上爬，一直往上爬，直到竹竿能够着了。可是，蝉还是没捕到它，蝉的竹竿才靠近，它又飞走了。

这棵树上再没有蝉了。

蝉要下树，但低头一看，蝉害怕了。她爬的很高了，在一棵很细的枝丫上。刚才一心想着捕蝉，大着胆子一直往上爬。现在，蝉要下来，却下不来。她一动，树丫就晃个不停。这一晃，蝉吓坏了，"呜"一声哭起来。

蝉一哭，很多人跑来了，包括蝉的外婆和母亲。他们都吓坏了，拼命跟蝉说莫动呀，千万莫动。说着，有人爬上树去。但这人到不了蝉身边，这人只能爬到树的一半，再往前，树丫就细，就晃得厉害。吓得树下的人说莫过去，再过去，就会把蝉晃下来。又有人搬来梯子，但同样够不着。即使把两个梯子扎拢起来，还是没有用。因为蝉那儿的枝丫根本靠不住梯子，才往上放，就晃，晃得蝉大哭小叫。接着有人搬来了被子，在地上铺着，然后喊蝉放手，说跌在被子上不要紧。但蝉怎么敢放手呢，死也不敢，她只知道在摇晃的枝丫上哭。

后来，就有一个人想了一个更好的办法，他们找来一个大号编织袋，绑牢在一只大铁圈上，再用一根粗壮的竹竿绑着铁圈，然后伸到蝉的下面，把蝉罩进袋子里了。袋子里暗暗的，蝉觉得自己现在也是一只蝉了。

蝉的母亲很快把蝉带回城里了。

蝉的母亲后来再没把蝉带到外婆家去，一直没带她去。蝉很想去，总跟母亲说我要去外婆家。但母亲不依她，怎么都不依她。做母亲的，不仅不把蝉带到外婆家去，甚至不让蝉离开她半步。比如蝉有时候会走远些，

母亲就过去拉着蝉，跟蝉说："别走远，走远了会迷路。"

又说："别到外面去，外面有汽车。"

还说："外面有骗子，会把你骗走。"

蝉想出去，想到外婆家去，还想去街上玩，但蝉出不去，母亲在家时看着她，不让她离开半步。母亲不在家，便把蝉锁在家里。蝉只能在这间屋子走走那间屋子走走，还可以走到阳台上。但阳台封住了，用绿色的玻璃封了，蝉只能望外瞅着。

有一天，母亲一直没回来，天黑了，也没回来。

蝉在黑暗里觉得自己又被罩进袋子里了，蝉觉得自己真正是一只蝉了。

蝉于是又哭起来了。

蝉那幢楼里很多人，他们听到一种奇怪的声音，像蝉在叫，又像孩子在哭。

刘国芳哲理小说

拾稻穗的小女孩

小女孩于是跟外婆说:"我也是一根稻穗。"

荡不起来的秋千

秋天割禾的时候,小女孩喜欢在禾田里拾稻穗,小女孩手里提着一只小篮子,眼睛在禾田里东张西望,看见一根稻穗,拾起来。又看见一根稻穗,也过去拾起来。在拾起一根根稻穗时,小女孩总会想,如果不是她,这些禾田里的稻穗就会没人要了。

小女孩其实不是这儿的人,她随父母住在一个小镇上,这儿是她外婆家。小女孩每次在外婆家住了几天后,她父母就会把小女孩接回去。有时候,外婆也会送她回去。这天小女孩的母亲就来了,要接小女孩回去。小女孩不愿回去,禾田里还有好多稻穗,小女孩很想把那些稻穗都拾起来。但母亲不依她,母亲一把将小女孩拉上了车,还说天天在乡下玩,人都玩野了,小女孩想说我没玩,我在乡下拾稻穗。但小女孩还是没说,小女孩只嘟了嘟嘴。

外婆家离镇上还有一段路,汽车要开一个多小时。小女孩这天坐在前面的一个位子。她看见很多人上车,这些人都站在路边,离汽车很远,但汽车很快开近了,汽车开近后停了下来，然后哐当一声把门打开了。下面的人，就上了车。小女孩这天一直往外看着，她看见路边一个人上车了，又一个人也上车了，再一个人又上车了。后来，小女孩就觉得这些站在路边的人也像一根根稻穗，被汽车一个一个拾了上车，就像自己在田里拾稻穗一样。小女孩甚至想要不是汽车，这些站在路边的人也不会有人要了。

想着时，汽车就到了。

这个秋天，小女孩还想去外婆家，再去拾稻穗。但小女孩的父母不准她去。很快到冬天了。小女孩觉得这年的冬天格外冷。和这天一样冷的，还有父母的脸。那些日子，父母总是冷着脸看小女孩。当然，父母之间，也冷着脸。后来，小女孩的父母就开始吵架了，还摔东西，脸盆、杯子、热水瓶都摔。再后，两个人就打架了。小女孩这时不能做声，一做声，就要挨骂。有时候，还挨打。小女孩不知道父母之间一下子怎么变成这个样子了，以前，他们总是和和睦睦的，对小女孩也亲。但现在，一切都变了。小女孩不知道这是为什么。但后来，小女孩知道了，是父亲在外面有了外遇。小女孩开始不知道外遇是什么意思，一次父母吵架，小女孩听明白了。母亲那天又摔了一个杯子，大声说："那个女人有什么好，你因为她要跟我离婚？"

父亲也摔了个杯子，父亲说："就比你好，没人会像你这样不讲理。"

母亲说："我就不离，看你怎么办？"

父亲说："你不离，只能捆住我的人，但捆不住我的心。"

母亲说："我就要拖死你。"说着，母亲把窗子上一块落下的玻璃扔了，就扔在小女孩脚下，玻璃溅在小女孩脚上，吓得小女孩哇哇大哭。母亲看见小女孩哭，就凶起小女孩来，母亲说："哭什么哭，你母亲还没死哩。"

小女孩吓得不敢哭了。

一天父母又吵了起来，好像还跟小女孩有关，小女孩只听母亲说："跟你这样的畜生在一起过也没意思，离就离，女儿归你。"

父亲说："不行，她不让我带女儿过去。"

母亲说："你真狠心呀，亲生女儿也不要。"

父亲说："女儿还是跟你好一些，毕竟是亲生母亲。"

母亲说："我才不要哩,我不能拖个尾巴,拖了尾巴我怎么嫁人。"

父亲又凶起来："你这像亲生母亲说的话吗?"

母亲也凶："你还有脸说我,你好,你带去呀。"

小女孩听明白了,父亲母亲谁也不要她了,小女孩很伤心,呜呜地哭起来。

在小女孩哭着时,小女孩的外婆来了,外婆听到了他们说的话,她很生气地骂起来："你们两个都是畜生,连自己的女儿都不要。"说着,外婆抱起小女孩,跟小女孩说："不哭,他们不要你,阿婆要你。"

收拾了一些东西,小女孩就跟着外婆走了,她们走出了小镇,然后在一条马路上等车。远远地还有人等车,汽车从那儿来了,把等车的人接了上车。小女孩这时忽然又想到了拾稻穗,她觉得那个等车的人,也像一根稻穗,被汽车拾走了。不一会儿,汽车开了过来,然后哐一声车门开了。小女孩便走上车去。上了车后,小女孩忽然觉得自己也是一根稻穗了,小女孩于是跟外婆说："我也是一根稻穗。"

外婆没听懂小女孩的话,外婆说："你说什么呀?"

荡不起来的秋千

长辣椒的树

孩子说:"爸爸,要是妈妈会像这些辣椒一样长出来,多好呀。"

孩子坐在门口画画。孩子的父亲,也在门口坐着。

孩子门口是一口小水塘,水塘边有几棵树。孩子的父亲指着几棵树,跟孩子说:"你画那几棵树吧。"

孩子就画树。

很快,孩子就画了几棵树。画好,孩子又在树下画了一个人。一个扎两条辫子的人,一看就是个女人。孩子的父亲见了,就说:"前面只有树,你怎么画出人来了?"

孩子说:"那是妈妈。"

父亲说:"前面哪有你妈妈?"

孩子说:"有,我以前天天看见妈妈提着衣服从树下走过,去水塘里洗。洗好了,又提着衣服从树下走回来。"

父亲说:"那是以前,今天树下没有人,你再画。"

孩子重新画起来。

但孩子很难集中精力,孩子画了一会儿,开口说:"妈妈呢,我怎么见不到妈妈呀?"

父亲说:"你妈妈走了。"

孩子说:"妈妈为什么要走呀?"

父亲说："她不要我们了。"

孩子说："妈妈还会回来吗？"

父亲说："不会回来。"

孩子说："我要妈妈。"

孩子说这话时，声音哽哽的。父亲见了，就说："哭什么，快画。"

孩子又画起来。

这回，孩子在树上画满了辣椒。孩子很会画画，画的辣椒红彤彤的，又大又尖，很好看。孩子的父亲见了，就说："你画的什么呀？"

孩子说："爸爸，妈妈的名字叫辣椒，是吗？"

父亲说："我问你画的什么？"

孩子说："辣椒呀。"

父亲说："胡来，树上哪会长辣椒。"

孩子说："爸爸，要是妈妈会像这些辣椒一样长出来，多好呀。"

父亲想说什么，但声音一哽，什么也没说。

孩子接着在画下面写道：

我的妈妈叫辣椒，她不见了，我和爸爸希望妈妈还能长出来。

后来国外举办一个儿童书画大赛，孩子把这幅画寄去参赛了。

结果孩子得了一等奖。

荡
不
起
来
的
秋
千

红 房 子

说着,孩子还是走了过去,当然,孩子不是孩子了,他是老人。

刘国芳哲理小说

28

孩子喜欢去看一幢房子。

一幢好看的房子,红色的,别墅一样。当然,孩子并不知道别墅这个词,是大人这样说的。这幢别墅一样的房子确实好看,它的窗子明显比其他房子多,窗子上嵌满了红玻璃。出太阳的日子,那些红玻璃反射出耀眼的光芒。孩子有时候会走进那片光芒里去,孩子于是被一片红光包裹着,成了一个红彤彤的人。

孩子为此经常去,就站在那片光芒里。

孩子后来有了一盒积木,一盒房子积木。孩子不出门的时候,就在家里搭积木。把积木搭成那幢别墅一样。然后孩子捧着积木出去,见了人就说:"这幢房子好看吗?"

"好看。"人家都说。

"我大了就盖一幢这样的别墅。"孩子说。

但孩子很快就不这样想了。这天,孩子又捧着积木出去,就到那幢别墅那儿去。近了,孩子听到"咣当"一声响,一块玻璃稀里哗啦被人砸碎了。孩子不知道谁砸的,

左右张望着。但这时,一个人蹿了过来,这人一把抓住孩子,然后说今天总算抓到了你,看你还往哪儿逃。说着,把孩子往那幢别墅里拖。拖进去后,对孩子拳打脚踢。孩子在挨打时拼命叫着不是我,我没扔你们的玻璃。但叫也没用,那个人还是不停地打着孩子。打了好一会儿,才出去了,把孩子一个人关在一间房子里。孩子这时满眼泪水,他四处看看,忽然发现房子里很暗。那些窗子上的红玻璃在外面能把太阳反射出一片光芒,但在房子里,那些玻璃却能遮住太阳光,使里面一片黑暗。孩子睁大眼四处看,什么也看不清,只看见人影朦胧。在黑暗里,屋子里的人像鬼一样。

孩子出来后,再不觉得那幢房子好看了。不仅如此,孩子还恨起那幢房子来。孩子平白无故遭房子里的人冤枉,挨了打,孩子身上一直隐隐作痛。孩子怎么不会恨那幢房子呢。同时,孩子还觉得那幢房子不好看,里面黑黢黢的,什么也看不见,这样的房子有什么好。那盒积木,孩子再不搭了,丢在一边。随着这盒积木的丢弃,孩子那个"他大了也盖一幢这样的别墅"的想法随之中断了。后来,孩子还会去看那幢房子,但不是去欣赏它,而是仇视它。孩子每次去,都巴不得那幢房子倒掉。这时候有人"咣当"一声把玻璃砸碎了,孩子会兴高采烈。

孩子后来也会用石子扔那幢房子,每次扔着时,孩子都会说砸倒你。随着玻璃哗啦一声响。孩子就跑走了,然后满心欢喜。

有好长一段时间,孩子都想把那幢房子砸碎砸倒。孩子每次去,都会狠狠地把石子扔向那幢房子,孩子希望他一个石头扔过去,房子就倒了。孩子相信还有很多人像他一样,也希望房子倒掉。不然,怎么会有那么多人拿石头去扔它呢。

后来的一天,孩子忽然发现那房子上的玻璃差不多全烂了。没有这些玻璃,一幢房子便显得很破很旧了,一副支离破碎就要倒塌的样子。孩子这天在那儿看了很久,孩子觉得房子就要倒了,孩子站得远远的,等着房子倒掉。

但房子没倒。

孩子后来天天等,每天,孩子都觉得房子快要倒了,但孩子失望了,一天又一天过去,房子依然没倒。

一天孩子又去了。

荡
不
起
来
的
秋
千

孩子仍看见那房子在那儿,尽管它岌岌可危的样子,但它还是没倒。孩子不知道它为什么还不倒,孩子要过去看个究竟,孩子于是走了过去。看看走近了,一个人忽然拦住了孩子,这人说:"老爷爷,那幢房子快要倒了,你莫过去。"

孩子便看着那人,孩子说:"你喊我老爷爷?"

那人反问了一句:"你觉得你还不老吗?"

孩子忽然意识到自己老了,于是他跟自己说:"我都老了,那房子怎么还没倒呢?"

说着,孩子还是走了过去,当然,孩子不是孩子了,他是老人。

老人走近了,抬头到处看着,一块瓦,在老人抬头时从房子顶上掉下来。老人看见瓦掉下来,但老人躲不及了,那块瓦掉在老人的头顶上。

老人被砸倒在地。

那房子,仍没倒,它只掉了一块瓦,就把老人砸倒了。

糖　葫　芦

孩子没回去，
远远地绕着那个卖
糖葫芦的，往前走。

　　孩子出门去外婆家，孩子还小，别的地方不认得，
但外婆家认得。尽管外婆家很远，要过三个村庄，但孩
子不怕。孩子去过好几回了，没迷路。
　　孩子的大人见孩子往外走，便喊住孩子，问孩子去
哪儿。孩子说去外婆家。大人听了，没拦孩子，还笑一
笑，跟孩子说早去早回。孩子也笑了笑，往村口去。在村
口，孩子看见一个卖糖葫芦的。卖糖葫芦的见孩子走
来，就说买一串糖葫芦吧。孩子仰仰头，看着糖葫芦，还
看着卖糖葫芦的人。孩子看见卖糖葫芦的人穿一身灰
不溜秋的衣裳，上衣扣子开着，里面也穿一件灰不溜秋
的毛衣。脚下一双鞋，沾满了泥巴。卖糖葫芦的见孩子
看他，就拿一根糖葫芦下来，并跟孩子说买一串吧。孩
子这回吞了吞口水，孩子说没钱。卖糖葫芦的说去问你
大人要呀。孩子看了看糖葫芦，然后跑了回去。跑到门
口，孩子就喊起来，孩子说妈妈我要买糖葫芦。孩子的
大人没看孩子，只看了看远处买糖葫芦的人，没做声。
孩子又说给我买糖葫芦。大人这回做声了。大人说，糖

葫芦吃不得。孩子说怎么吃不得。大人又看了看卖糖葫芦的，大人说卖糖葫芦的人都是拐子，你吃了他的糖葫芦，他就会拐了你，让你不认得回家。

大人这样说，孩子再不问大人买糖葫芦了。孩子仍往村口走，怯怯地，快走近卖糖葫芦的人时，卖糖葫芦的又说买一串糖葫芦……孩子没等他说完，就跑了起来，往村口一条路跑去。这条路，通往外婆家。

孩子在那条路上跑了一阵，停下来，然后孩子回回头，看着远处那个买糖葫芦的。看了一会儿，孩子往前走起来，走了一会儿，孩子就见不到那个卖糖葫芦的人。

不久，孩子看见了一个村庄，近些，孩子忽然发现那个卖糖葫芦的。孩子有些吃惊了，孩子刚刚看见那个卖糖葫芦的在村口，不见他超过来，怎么他就在前面了。孩子犹犹豫豫走过去，孩子看见，这的确是那个卖糖葫芦的，穿一身灰不溜秋的衣裳，上衣没扣扣子，里面也是一件灰不溜秋的毛衣，脚下沾满了泥巴。卖糖葫芦的，看见孩子看他，便说买一串糖葫芦吧。孩子瞥了一眼糖葫芦，跑走了。

孩子当然是往去外婆家的路上跑，跑了一会儿，孩子回回头，孩子看见卖糖葫芦的在很远了。孩子不跑了，往前走，这样走了一会儿，孩子看不见卖糖葫芦的了。

不久，孩子又看见一个村庄了。近些，孩子竟然又在村口发现那个卖糖葫芦的。孩子不敢相信自己的眼睛，那个卖糖葫芦的不是刚刚在身后吗，他怎么又走过来了。莫非，真像母亲说的，卖糖葫芦的人是拐子，会拐人，可我没吃他的糖葫芦呀。这样想着，孩子又走近了些。孩子看清了，的确是那个卖糖葫芦的，还是那身衣裳，敞着扣子，脚上沾满了泥巴。孩子有些怕了，从卖糖葫芦的人身边飞快地跑开了。

孩子跑开后，继续往前走，边走边回头。这回，孩子看得清清楚楚，那个卖糖葫芦的就在自己身后，自己越走离他越远。最后，远得看不见了。

我再见不到他了，孩子想。

但让孩子怎么也想不到的是，再到一个村，那个卖糖葫芦的还在村口。

孩子这回根本不敢走近，老远就停下了。这个人一定会飞或者会钻

地,不然,他怎么又到前面来了。怪不得大人说他会拐人,他原来有这些歪门邪道的本领。孩子这样想,很想跑回去,但孩子明白自己快走过三个村庄了,再走,就到外婆家了。孩子现在很想见到外婆,问问外婆这是怎么回事。

孩子没回去,远远地绕着那个卖糖葫芦的,往前走。这回,也没敢回头,只一心往前跑。

很快,孩子走近一个村庄了,孩子知道这是外婆的村庄了。但近些,孩子发现完全错了,这不是外婆的村庄,外婆村前有一棵大树,树下还有一个烂毛厕。这里没有,不仅没有,那个卖糖葫芦的人又从一户人家门口走了出来。孩子一见这个卖糖葫芦的,吓坏了。孩子现在明白了,自己一定是被这个人拐了。不错,那个卖糖葫芦的还在朝自己走来。孩子想跑,但不知道往哪儿跑。

孩子吓得哇一声哭了起来。

在孩子哭着时,孩子的大人跑了过来。孩子的大人一把拉住孩子,还说:"你哭做什么?"

孩子看见自己的大人,觉得奇怪了,大人怎么会在这里。孩子这样想,跟大人说:"我迷路了,呜呜……"

大人听了,在孩子身上拍了一下,大声说:"这孩子真是越大越糊涂,在自己村里,你怎么会迷路。"

大人这样一说,孩子果然发现这是自己村里,孩子更迷糊了,自己不是往外婆家去了吗,怎么会在自己村里来呢。

荡
不
起
来
的
秋
千

状　元　街

> 女孩就醒过来了，原来她在门口打瞌睡，她是在梦里考取了大学。

女孩门前有条状元街。

女孩坐在门口，看着状元街。状元街只有 3 米宽，从村子里穿过。街中间笔笔直直嵌了两行卵石，街有多长，卵石也嵌了多长。女孩看过火车，那嵌出的两行卵石就跟铁轨一样，只是没有那么宽。那两行卵石嵌出的距离，只可以走一个人。

女孩知道这状元街上为什么嵌着这两行卵石。

女孩的大人告诉过女孩，好久以前，他们浯溪村考取了一位状元。状元要回村时，村里人到浯溪里捞来了很多很大的卵石，在村子最中间的一条路上嵌了两行。状元回来了，就走在两行卵石中间。以后，村里人就把这条街叫着状元街。女孩还知道，村里人后来就没人走在两行卵石中间了，除非状元回来，才能走在状元街的两行卵石中间。女孩现在坐在门口看着状元街，她好像看见状元回来了。状元就走在两行卵石中间，一大群人走在两行卵石外面跟着状元。女孩也跑过去，也跟着状元。女孩像大家一样，走在两行卵石外面。女孩很想走到中

间去,但女孩不敢,女孩只能在两行卵石外面跟着。

状元街上当然没走来状元,是几个孩子走来了。女孩看见一个孩子走在两行卵石中间,其他几个孩子在两边跟着。那走在卵石中间的孩子把两只胳膊摆开来,做出大摇大摆很得意的样子。正得意着,一个老人走了过来,老人看着孩子说:"谁叫你走在中间?"

孩子就慌慌地从两行卵石中间走出来。

老人还不放过孩子,继续说:"中间是状元走的,现在没有状元,但你考取大学,也可以走到中间去。"

孩子诺诺地应着,往女孩跟前走来。

女孩站起来,想跟几个孩子一起去玩,但这时女孩听到大人喊她,大人说:"嬛嬛,把这些菜拿到浯溪里洗一下。"

大人说着,把半篮菜递给了女孩。

女孩就提着菜去浯溪里洗,浯溪就在村口,走完状元街,就是村口的浯溪了。女孩走在状元街上,街上还有很多人走着,都是大人,他们都走在两行卵石外面,没人在两行卵石里面走着。他们见了女孩,都问着说:"嬛嬛,去哪里呀?"

女孩说:"去浯溪里洗菜。"

女孩也跟那些大人一样,走在两行卵石外面,但走着走着,女孩就很想走到两行卵石中间去,女孩想走就走了进去,走在两行卵石的中间。正走着,忽然一个大人说话了,那大人说:"嬛嬛,你怎么走路的?"

女孩吓了一跳,慌忙走了出来。大人继续说:"中间是状元走的,现在没有状元考了,但等你考取了大学,你才可以走中间,你知道么?"

女孩点点头,女孩说:"我知道。"

女孩洗了菜回来后,又坐在门口,女孩还看着门前那条状元街。看着看着,女孩起身了。女孩去屋里背起了书包,然后出门了。

女孩去上学了。

女孩仍然走在状元街上,去上学要从状元街走出村子,女孩走在两行卵石外面,女孩知道,现在她只能走在两行卵石的外面,要等到考取了大学,她才能像状元一样走在卵石的里面。

女孩天天这样走着,走在两行卵石外面。一天一天过去,女孩就大

荡不起来的秋千

了。女孩成绩一直很好，小学成绩好，初中成绩也好，高中成绩更好。后来，女孩就参加高考了，女孩知道自己考取了。果然，有一天女孩在村口等到了录取通知书。女孩真的考取大学了。女孩捧着通知书回家时，走在状元街中间了，全村的人都跟在后面，但他们都走在两行卵石外面，他们都说："嫣嫣你是我们村的状元了。"

女孩甜甜地笑了。

在女孩笑着时，一个声音传了过来，那是女孩大人的声音，大人说："嫣嫣，你怎么坐在门口打瞌睡了？"

女孩就醒过来了，原来她在门口打瞌睡，她是在梦里考取了大学。

女孩叹了一声，然后看着大人说："妈，我都10岁了，你什么时候让我读书呀？"

大人说："女孩子家，读什么书。"

女孩说："我要读。"

大人说："没有钱，拿什么给你读。"

女孩"呜——"地一声哭了。

刘国芳哲理小说

家

孩子便知道自己认错了，他在门外呆了呆，带着女孩走开了。

一个小小的孩子，就会用彩笔画房子。孩子先在纸上画一个大大的人字，然后在人字下面画两竖，再在下面画一横。只用了几笔，一座房子的轮廓就出来了。接下来，孩子会画一扇门和一个窗子。有时候，孩子还会在窗子里画一个圆圆的脑袋。

大人看了孩子的画，就问："你画的什么呀？"

孩子说："家呀。"

大人说："你的家就是这个样子呀？"

孩子说："我的家就是这个样子，窗子里的那个孩子，就是我。"

大人总被孩子说笑了。

没过多久，孩子真搬家了，搬进一幢独门独院的房子，就像孩子画的房子一样。孩子十分的高兴，在房子里跑进跑出，还跟大人说："这个家是我画出来的，是吗？"

大人说："是，是你画出来的。"

孩子笑了。

这后来的一天，孩子出门去玩，看见一个跟他差不

多大的女孩在路边哭。孩子便走过去,问着女孩说:"你在这儿哭做什么呀?"

女孩说:"我迷路了,不认识回家了。"

孩子又笑了,孩子是个喜欢笑的孩子,他说:"这好办,我跟你画一个家出来。"

孩子说着,就跑回家去,然后拿了纸和彩笔出来。在女孩跟前,孩子画了一个大大的人字,然后在人字下面画两竖,再在下面画一横。接着孩子画了一扇门和一个窗子,画好,孩子把画交给女孩,孩子跟他说:"你的家被我画了出来了,你有家了。"

说完,孩子就走了,回家了。

但没过多久,孩子就回来了。孩子想看看女孩是不是像他一样,住进了他画的房子里。但没有,孩子看见女孩呆呆地坐在路边。见了孩子,女孩问着他说:"你真的能把家画出来吗?"

孩子:"当然,我的家就是我画出来的。"

女孩说:"可是,可是我的家怎么没出来呢?"

孩子想了想,跟女孩说:"你的家肯定在别的地方出现了,我们去找找吧。"

女孩点点头,起身跟着孩子一起走了。

但走了好久好久,也走了好远好远。孩子和女孩也没找到家,女孩又哭起来,一个劲地说:"我的家你画不出来,我迷路了,找不到家了。"

孩子说:"会找到的,一定会找到的。"

后来,孩子就看到一幢房子了,也是独门独院的,跟孩子画的家一样,孩子便跟女孩说:"这一定是你的家?"

女孩摇摇头,女孩说:"不是,这不是我的家。"

孩子这天一直没跟女孩找到家,有好多独门独院的房子,都像孩子画的家,但女孩都说那不是他的家。没找到家,女孩只晓得哭,呜呜地哭着,很伤心。孩子这时也没有办法了,他只好跟女孩说:"你不要哭,你先到我家里去吧。"

女孩点点头。

孩子便带着女孩往家里去,不多久,就到了。孩子敲门,一会儿,门开

了，但门里站着的大人孩子不认识，孩子便看着大人说："你是谁呀，怎么在我家里？"

屋里的大人说："这是你的家吗？"

屋里的大人还说："这孩子，怎么连自己的家都不认识了。"

说着，大人把门关了。

孩子便知道自己认错了，他在门外呆了呆，带着女孩走开了。

但去哪儿，孩子不知道。

孩子也迷路了，找不到家了。

孩子接着在画下面写道：

我的妈妈叫辣椒，她不见了。我和爸爸希望妈妈还能长出来。

第 二 辑

青 年 时 代

还有一个女孩叫叶子

张阿姨——跟我作了介绍后，跟我说还有一个女孩叫叶子，马上就来。

刘国芳哲理小说

42

我认识一个张阿姨，是个很热心的人。她见了我，总跟我说我跟你介绍个女孩吧。又说我们学校有几个女孩，哪天我引见你认识认识。有一天，张阿姨真打了我的电话，她说她把那几个女孩都约到她家里了，让我到她家里看看，我看中哪个，她一定帮我做介绍。

我那时候正想找对象，我赶紧去了。

到张阿姨家时，果然看见四个女孩。张阿姨——跟我作了介绍后，跟我说还有一个女孩叫叶子，马上就来。

我就坐下来看这四个女孩，当然，不是发着呆看，而是一边说着话，一边不动声色地打量着她们。我觉得，这四个女孩，哪个都好看，完全算得上漂亮的女孩。她们中哪一个做我女朋友，我都乐意。

四个女孩后来玩起牌来，我在边上没事，就跟张阿姨说着话。因为女孩们就在边上，我们的谈话声音很小，句子也短，摘几句来听听吧：

"几个女孩不错吧。"

"蛮好的。"

"你看中了哪一个呢？"

"我觉得四个都不错。"

"你可不能找四个女朋友哟。"

"不敢。"

"还有一个女孩叫叶子，也不错的，你等她来了，再作决定，看中了谁，告诉我，我安排你们单独见面。"

"那个叶子会来吗？"

"已经在路上，马上就到。"

但这个叶子并没马上就到，我一边等着想看她，一边比较起前几个女孩来，比较来比较去，我就发现跟前四个漂亮的女孩还是有缺点的。

四个女孩的缺点是这样的：

一个女孩下巴短了点儿。

一个女孩皮肤黑了点儿。

一个女孩个子矮了点儿。

一个女孩眼睛小了点儿。

那个叶子，仍没到。张阿姨见叶子没到，就不时地过来提醒我，跟我说："还有一个叫叶子的女孩，马上就到，等人到齐了，你再作决定。"过一会儿，她又把这话重复一遍。而那几个打牌的女孩，则不停地说："叶子怎么还没来呀？"

我真的很想看到那个叫叶子的女孩，而同时，我还在不停地看着跟前几个女孩。真的，她们一个下巴短了点儿，一个皮肤黑了点儿，一个个子小了点儿，一个眼睛小了点儿。

那个叶子，最终也没来。但她打了电话来。她告诉张阿姨，说她母亲突然心绞痛，她要去照顾母亲，不来了。

没见到她，我觉得挺可惜的。

过后，张阿姨问我那四个女孩我看中了哪一个。我说不是还有一个叫叶子的吗，我还没看到她呢，等看了她之后再说。

张阿姨很快安排我去见了她。

我觉得这个女孩也很漂亮，而先前那四个女孩，我因为看出了她们的缺点，她们一个下巴短了点儿，一个皮肤黑了点儿，一个个子小了点

儿，一个眼睛小了点儿。她们几个，我都不想找。这样，我告诉张阿姨，我看中了这个叶子。

后来的一天，我又在张阿姨家里看见了那四个女孩。

我是跟叶子一起去张阿姨家的，见了那四个女孩，又看着叶子，我忽然发现，那四个女孩哪一个都比叶子好看。那个女孩下巴虽然短些，但叶子的下巴并不比她长。那个女孩皮肤黑些，但叶子的皮肤不会比她白。那个女孩个子小些，但叶子的个子好像比她还小。那个女孩眼睛小一点儿，但叶子的眼睛根本不会比她大。要让我重新选一个，我看中她们中的哪一个，也不会看中叶子。

但我已经没有资格再选了。

因为，我和叶子已经结婚了。

化验员小侬

小侬是个漂亮的女孩,一个女孩漂亮,就有人喜欢。

漂亮的小侬在医院工作,是医院生殖泌尿科的化验员。在他们医院乃至他们这座城市,小侬所在的生殖泌尿科是非常出名的,每天前来化验的人不计其数,其中男人占绝大多数。这些男人几乎都有问题,不是化验出梅毒,就是化验出淋菌,或者支原体衣原体,再或是霉菌白色念珠菌。漂亮的小侬就很看不起这些男人了,常常看着那些男人面无表情。有时候小侬往窗外看,窗外是一条街,街上走着无数的男人。小侬这时候就会跟自己说,这些男人,恐怕也没有一个是干净的。

前面说了,小侬是个漂亮的女孩,一个女孩漂亮,就有人喜欢。在小侬周围,就有很多人喜欢小侬。其中一个男孩,就对小侬好得很,可以说是一往情深。小侬对这个男孩也有些感觉,两个人常常见面。这样发展下去,他们应该好上的。但没有,一天男孩跟小侬表白,说他喜欢她,问小侬喜不喜欢他。小侬没说喜欢不喜欢,只看着男孩认真地说:"你要跟我好,先到我科里化验一下吧。"

荡不起来的秋千

男孩没听清或者说不相信小依会说出那样的话来，男孩问了一句："你说什么？"

小依说："你要跟我好，先到我科里化验一下吧。"

男孩终于听明白了，男孩的气愤可想而知，男孩说："你是不是有病呀。"

说着，男孩走了，再也没找过小依。

这样的事，后来还发生过多次。又有一个男孩，也对小依一往情深。小依呢，对男孩也是有好感的，但当男孩提出要跟小依确定恋爱关系时，小依仍然是那句："你要跟我好，先到我科里化验一下吧。"

男孩也没听清，也那样问："你说什么？"

小依是个认真的女孩，她一字一句地说："你要跟我好，先到我科里化验一下吧。"

男孩也骂了小依，男孩说："你是不是做化验员做出病来了？"

说着，男孩也走了，再没找过小依。

有一个男孩，很能理解小依，他在小依把那句话说过后跟小依说："你大概是天天化验，吓怕了吧，我告诉你，我绝对没有问题，因为我还是个小伙，以前也没谈过恋爱，怎么会有问题，需要化验呢？"

按说，男孩这样说了，小依应该相信男孩，但小依很固执，她跟男孩说："我不会相信你，我只相信化验的结果，到我们医院来化验的人，哪一个没问题。"

男孩说："当然有问题，是他们感觉不对劲，才去医院嘛。"

小依说："我不管这些，你要跟我好，就必须来化验。"

男孩也拂袖而去了。

可以说，没有一个男孩会接受小依的这种无理要求，尽管小依漂亮，喜欢她的人也多，但在小依的无理要求提出后，那些男孩都离开她了。

一晃过去了好多年，小依年纪也大了。

小依有些着急了。

后来的一天，小依终于看上一个人了。这是一个来化验的男孩，长得很英俊，小依看他一眼，就对他产生了好感。更让小依有好感的是，男孩做了好多种化验，梅毒淋菌支原体衣原体念珠菌等等，全都没有问题。这

在小依从事化验员七八年来，几乎是没有的事。小依一下子就喜欢上了这个男孩。她在男孩化验完要走时，主动问男孩要了电话号码。

这个晚上，小依就在家里给男人拨电话了，接通后小依说："喂，你还记得我吗，我是 XX 医院的化验员小依。"

对方一听，顿时紧张了，忙问："我有什么问题吗？"

小依说："没有。"

说着，小依又不好说什么了，毕竟不熟，但停顿了一会儿，小依还是大着胆跟男孩说："我打这个电话是想跟你交个朋友。"

男孩说："好呀，以后有什么不舒服，可以来找你。"

小依说："我不是这个意思，是……是……"小依还是有点不好意思，但小依最终还是说了出来，小依说："我的意思是，我想……想……这样说吧，如果我找男朋友，一定会找你这样的。"

男孩这会听懂了，男孩说："谢谢，可我有女朋友呀，我很爱她。"

小依听了，吧嗒一声把电话搁了，然后伏在桌上很伤心地哭了。

爱虚荣的小麦

刘国芳哲理小说

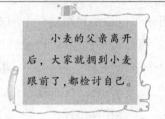

小麦的父亲离开后，大家就拥到小麦跟前了，都检讨自己。

小麦是市长的女儿，但在小麦他们大学，在小麦他们系，在小麦他们班和小麦他们寝室，没人知道小麦是市长的女儿。在大家眼里，小麦是一个土里土气的乡下女孩。小麦穿一件碎花布褂子，两根长辫子用红头绳扎着，十分土气。最土的是那条天蓝色裤子，蓝天的颜色总让人赏心悦目，可这种颜色穿在小麦身上，不伦不类土的刺眼。

大家都看不起小麦。

大家在一起，见了不顺眼的人，便说这里怎么也有一个小麦。有人衣服搭配不当，又有人说你怎么穿得像小麦一样。有人扎长辫，别人便说你越来越像小麦了。当然，这些话是背着小麦说的，但说来说去，也就随便起来。有时候小麦在跟前，也有人说漏了嘴。小麦听了，不会跟人家闹跟人家叫，但很不高兴，有一天忍不住了，呜一声哭了。

这又给人留下话柄，有人受了委屈，要流泪，别人就说你不会学小麦吧。那个想哭的人，再怎么委屈，也不敢

哭了。

　　大家看不起的人，也没人跟他接近，小麦没有好朋友，哪怕同寝室的人，也跟小麦隔着距离。有一次班上做游戏，那游戏两个人一对，小麦班上 20 个女生，有 18 个女生自己凑好对了，还多有一个女生和小麦。大家就让那女生和小麦对。那女生觉得委屈，呜一声哭了。大家就笑那女生，还说你怎么变成小麦了。小麦就在边上，听了这话，脸红耳赤，也呜一声哭了。

　　小麦后来也想改变自己，比如小麦梳头时不再扎红头绳了，也不穿那条天蓝色的裤子了。小麦以为这样同学会对她改变看法，但没有，一个人让大家挖苦惯了，大家想不挖苦也不成。见小麦不扎红头绳了，同学就说小麦你怎么没扎红绳，扎了更好看呀。见小麦不穿那条天蓝色裤子，同学又说小麦你怎么不穿那条裤子呢，那是天蓝色呀，你看，蓝天白云，多好看。小麦听了，委屈得很，但她不会骂人，她只会哭，最多说一句你们欺负人。

　　一天晚上，小麦在寝室里看电视，寝室里其他女生，也在看。电视里在演一个市长下基层视察，这市长，就是小麦的父亲。小麦认得父亲，小麦很小的时候，父母就离婚了，小麦一直跟母亲在乡下过，但父亲会开车来看她。小麦记得她 15 岁那年，父亲要从乡下把她接走，小麦的母亲死活不同意。小麦也不愿跟父亲去，在小麦眼里，父亲模糊得很，跟别人一样，小麦只跟母亲亲。

　　寝室的同学，看见小麦一直盯着市长看，又挖苦起小麦来，一个同学说看不出小麦你还这么有野心，你是不是想当市长呀。另一个同学还说我现在才理解癞蛤蟆想吃天鹅肉是什么意思。再一个同学说小麦你赶快去找市长，让他认你做干女儿。

　　小麦委屈得很，又流泪，泪眼蒙眬中小麦看了看那些同学，开口说："市长就是我父亲。"

　　小麦这句话让寝室里的女生笑得气都转不过来。

　　小麦在人家的嘲笑声中跑了出去。

　　小麦过后跟市政府打了个电话，七转八转，电话就转到她父亲手上了。小麦告诉了他，说她在这里读书。

第二天，市长就来看小麦了。陪市长来的还有院领导，车子停了一大片。

小麦的同学就傻了眼了，这时没人再笑了，但在心里笑，笑自己傻。

小麦的父亲离开后，大家就拥到小麦跟前了，都检讨自己。小麦没看他们，只勾着头，突然，小麦双手把脸一捂，放声大哭起来。

同学们不知小麦哭什么，都说："小麦你哭什么，你父亲是市长，你应该高兴呀。"

小麦说："我是个不听话的孩子，我母亲让我别去找他，可我还是去找他了。"

小麦还说："我好恨我自己，我怎么这么爱虚荣呢，呜呜……"

大家听了，也陪着落泪。

回　家

女孩看着老人走去，在老人走到那边的茅舍时，女孩也转身了。

一个女人来到一座桥上，想跳河。女人很年轻，称她女孩也可以。

一座铺着青石板的古桥，只有两米宽，但有二三十米长，十多块青石板架在几个桥墩上。那桥墩，缠满了薜荔。有人家住在离桥不远的地方，那屋很小，茅舍一样。一些树高高矮矮长在河的两边，树上，也缠着薜荔。一些乌鸦飞来了，哇一声叫着，又飞走了……"枯藤老树昏鸦，小桥流水人家，古道西风瘦马。夕阳西下，断肠人在天涯。"没有古道，没有瘦马，却还是马致远笔下的景致。

女孩便是那个在夕阳下的断肠人。

女孩一直流着泪，几次想从桥上跳下去，河不宽，但水很深很急，女孩只要一跳下去，就会被水卷走。

女孩真的想跳了。

一个女人，在女孩想跳时走上桥了。女人很老，称她为老人也可以。老人没喊女孩，但走上桥时她咳了一声，不是故意咳给女孩听的，是老人有病，整天都咳。老人因为有病，也因为老，便佝偻着身子，便瘦便小，好像风一吹就会倒。不仅如此，老人还跛着一条腿，走起来一拐一拐。

一拐一拐地，老人走到女孩身边了。老人没看女孩，但女孩却看着老人，从老人咳一声后，女孩就看着她。

老人走远了，女孩还看着她。

老人手里提着一只竹篮，她慢慢走下桥去，走到了田里，然后弯腰在田里捡起了一根稻穗。

女孩看明白了，老人在田里捡稻穗。

女孩一直看着老人。

没人再走来，一座古老的桥上，一块收割了的荒凉的田里，只有一个女孩和一个老人。

老人一直捡着，弯一次腰，捡起一根稻穗。又弯一次腰，又捡起一根稻穗。

慢慢地，老人的竹篮里有了很多稻穗了。

女孩还在流泪，眨一下眼，一滴泪落在衣衫上。又眨一下眼，又一滴泪落在衣衫上。

慢慢地，女孩的衣衫湿了。

很久很久后，老人的竹篮里有了半篮的稻穗了。天不早了，老人一拐一拐从田里走上来，又一拐一拐走到了桥上。

走到女孩身边时，老人忽然被绊倒了。

女孩一惊，忙起身过来把老人扶起来。

老人竹篮里的稻穗都泼了出来。

老人便蹲在桥上捡稻穗，一边捡，一边跟女孩说着话。

老人说："你真年轻呀。"

老人说："你真漂亮呀。"

老人说："你穿得真好看呀。"

老人说："你颈上戴的是白金项链吧。"

老人说："你胸前挂着的是什么呀，是不是人家说的手机呀。"

老人说着，地上的稻穗就捡光了，但还有一根落在石缝里，老人也不放弃，用手把它抠了出来。

然后老人起身了，提着稻穗走起来。

　　走了几步,老人忽然回了一下头,老人说:"我都回家了,你怎么还不回家呀?"

　　老人说完,回头走起来。

　　女孩看着老人走去,在老人走到那边的茅舍时,女孩也转身了。

　　女孩要回家了。

荡
不
起
来
的
秋
千

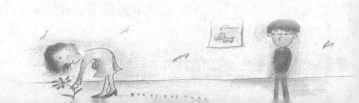

麦　子

> 爱一个人，却不被所爱的人爱，这的确是一件让人伤心的事。

情人节这天，平终于把玫瑰送给了麦子。

其实，接受玫瑰的女孩并不叫麦子。

好几年了，平一直爱着麦子，但麦子一直拒绝平。平记得认识麦子的那年情人节，平送给麦子一束玫瑰。麦子没接受，麦子说我接受了，就是你的情人了，可我并不爱你呀。平说爱可以慢慢培养呀。麦子说那就等我培养出对你的爱再接受你的玫瑰吧。一年过去了，麦子却没培养出对平的爱来。这年平把玫瑰送给她时，她仍不接受。平一脸难过了，平说我是真心爱你的，你接受我吧。麦子说我也想接受你，可我不爱你，我不想勉强自己。又一年过去了，麦子还是没有培养出对平的爱来。当这年平再把玫瑰送来时，麦子很认真地说我们只是普通朋友，你不要给我送玫瑰了，我真的不爱你，一点儿的爱意也没有。平很伤心，流泪了。那是个湿漉漉的情人节，落着雨，平觉得老天也在为他伤心落泪。

爱一个人，却不被所爱的人爱，这的确是一件让人伤心的事。有好长一段时间，平都郁郁寡欢，走在外面

总会触景生情。比如看见落雨,他眨一眨眼,眼里就有了泪水。比如看见一片树叶落下来,他就会觉得自己就是那片被人抛弃的叶子。有时候听到一段伤心的爱情歌曲,他也会伤心,在歌声中徘徊。一天这样伤心着走在外面,忽然看见麦子了。当然,她不是真正的麦子,她只是长得很像麦子,平便把她看成麦子了。这个麦子坐在一家发廊门口,见了平,她说按摩吧。平从没进过发廊,但看见这个像麦子的女孩后,平进去了。在一个小包间,麦子开始还认真地按着摩,但后来,麦子就坐在平身上了。麦子说先生怎么这么忧郁呢,遇到什么不顺心的事吗,是不是失恋呀。平没做声。麦子又说先生想开点吧,你不妨把我当你那个情人,怎么对我都可以,只要你心里好受些。平觉得这个麦子善解人意,对她有了好感了,于是他用手轻轻地在麦子脸上摸了摸,问着她说:"你是从农村来的吗?"

麦子点点头。

平又说:"我知道你叫什么。"

麦子说:"你说我叫什么?"

平说:"你叫麦子,不错吧。"

麦子说:"你说我叫麦子,那我就叫麦子吧。"

平后来还来过两次,那个真正的麦子已爱上了另一个人了,平要见她都难。平有时候想她,就到发廊来,这里有一个像麦子的女孩,平有时候看着她,觉得她就是麦子。

又一年情人节到了。平又买了一束玫瑰,但把玫瑰捧在手里,平发觉这束玫瑰送不出去了。

后来,平来到了发廊,把玫瑰送给了另一个麦子。

麦子接着玫瑰时,半天不敢相信这是真的,她捧着玫瑰,看了又看,然后说:"你这是送给我的?"

平说:"送给你的。"

麦子说:"你是送给麦子的吧。"

平说:"你就是麦子呀。"

麦子哭了,一边哭,麦子一边说:"我太激动了,你知道吗,从来没人给我送花。"

麦子又说:"我小时候,有一次把一朵野花插在头上,我母亲还骂了

我。我们乡下女孩，家里孩子多，父母都看不起。我大了些，没找到事做，母亲整天说我吃闲饭。后来，我就出来跟人按摩，但在这里，更没人把我当人看呀。"

麦子还说："你真是送给我的吗，我不敢相信呀？"

平说："是送给你的，送给麦子你的。"

说着，平眼里也贮满了泪水。

几天后，平又去了发廊。

但平没见到麦子。

麦子让人留给了平一句话，她说发廊不是麦子呆的地方，她走了。

广 告

你一会儿从瀑布上跌下来，一会儿又在那么高的天上飞，你没摔坏吧？

桐是一位广告明星，很多人，都在电视里看过桐做的广告。比如桐为黑瀑布洗发水做过这样一个广告：桐从瀑布顶端顺着瀑布滑下。下来后，桐晃一晃一头秀发，那头发，也像瀑布一样飘泻开来。画外音：黑瀑布更有魅力。桐还为蓝天沐浴露做过一个广告：桐在蓝天里飞翔，忽然，大雨倾盆而下，穿泳装的桐穿过雨带。桐的声音："蓝天沐浴露轻轻地飘洒在我的身上。好了，雨过天晴，我的肌肤，白白的，嫩嫩的，像蓝天一样清爽明净。"这两个广告有一阵天天播出，桐的母亲在千里之外也看到了。做母亲的有一天跟女儿打电话，问女儿说："你一会儿从瀑布上跌下来，一会儿又在那么高的天上飞，你没摔坏吧？"

桐笑个不止，桐说："你以为我真在天上飞，又从瀑布上摔下来呀，那是特技摄影，看起来像真的，其实是假的。"

母亲也笑，跟桐说："倒跟真的一样。"

桐还在很多广告里做过模特，广告做得多了，桐就

很有名了,走在街上都有人认识。一天走在街头上,桐就被一个女人认了出来。女人跟着桐,一直看着桐那头秀发。后来,女人喊住桐,问道:"你洗头是用黑瀑布吗?"

桐那时候已忘了黑瀑布了,因为这个广告已拍了很久了,桐不知女人说什么,茫然地看着女人。

"你是用黑瀑布洗的头发吗?"女人又说。

桐真把黑瀑布忘记了,桐说:"什么黑瀑布?"

女人见桐这个样子,有所明白了,女人说:"你头发这么好,你是用你做的那个广告里的黑瀑布洗发水洗的头吗?"

桐明白了,桐说:"黑瀑布,那种洗发水我也会用吗。"

说着,桐走了。

类似的事情还有过一次,这是一个夏天,桐穿着露脐无袖衫上街。也有一个女孩,跟着桐。女孩后来喊住桐,把那广告词说了出来:"白白的,嫩嫩的,像蓝天一样清爽明净。"说过女孩笑一下,问桐说:"你的肌肤这么好,请问,是你用了蓝天沐浴露吗?"

桐瞥了女孩一眼,跟女孩说:"我的肌肤天生就这么好,我才不用蓝天沐浴露哩。"

女孩一脸的羡慕。

桐后来还为黑亮胶囊做过一个广告:桐走进黑暗中。画外音:黑黑的,一点儿也看不见。忽然一点儿光亮飞来,渐亮,亮光处出现一个药盒,上写:黑亮胶囊。桐吃下一个药片,顿时,一片明亮。桐的声音:"亮亮的,多好,这全靠黑亮胶囊。黑亮胶囊,还你一个明亮的世界。"

这则广告也天天播出。

这以后大约两个月,桐接到母亲的电话,让她赶快回家一趟。

桐急忙往家赶。

到家后,桐看见母亲躺在床上,听见桐来了,母亲坐起来,一双手摸呀摸地把桐摸到了。

桐大骇,问母亲说:"妈,你怎么啦?"

"瞎了。"

"怎么会这样?"

"吃了黑亮胶囊,眼睛就看不见了。"

桐哭起来。

"真的吗,你眼睛一点儿都看不见吗?"

"真的,一点儿都看不见。"

木　偶

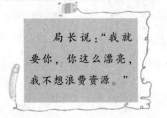

刘国芳哲理小说

60

　　木子好久没找到事做，有一天木子就想去时尚剪屋学剪头。木子经常从时尚剪屋门口走过，总看见里面有一些人在一个木偶上做发型。那木偶只是一个塑料头像，戴上假发，就可以让人摆弄了，里面的人总是把木偶的假发弄成各种形状。木子知道他们是在学发型设计，木子找不到事做，也想学。木子想以后学会了，就开个发型屋，免得到处去找事做。

　　木子这一天就往时尚发屋去，但木子没去成，木子被一个人拦住了。这个拦住木子的人是木子的邻居，在一个单位当局长。这局长拦住木子后，跟木子说："木子，你还没找到事做吧？"

　　木子说："没有。"

　　局长说："那你到我单位来做打字员吧。"

　　木子说："你不是哄我吧。"

　　局长说："我不哄你。"

　　木子还是不信，木子说："你怎么会要我去做打字员呢？"

局长说:"我就要你,你这么漂亮,我不想浪费资源。"

木子没听懂这句话,他跟局长去了。做了打字员后,木子明白局长说的不想浪费资源这句话的含义了。这个单位要打的字并不多,有时候一天到晚也不要打一份文件,倒是其他一些事要木子去做。比如单位来了人,局长就跟木子说陪领导喝酒去。木子不愿去,局长就说知道为什么要你来做事吗,就是想让你来陪领导喝酒,有你这个大美人来陪领导喝酒,领导会喝得很高兴。局长这样说,木子只好跟了他去。但木子不会喝酒,上了酒桌也不想喝。局长当然不会放过她,局长劝她,总跟木子说领导要你喝是看得起你。又说让领导喝得高兴就是你最重要的工作。有一天局长还跟木子说:"领导在上你在下,领导要几下就几下。"木子当时脸就红了,不知是被局长说红了脸呢,还是喝酒喝红了脸。

除了喝酒,木子还要做些其他的事。比如单位送礼,局长一般派木子去。木子就去,把礼物往一个又一个领导家里送。有一天送错了,把上千块钱的礼物送给了一个不相干的人。局长就骂木子是木头,送个东西都出错。木子就觉得委屈,木子说我是按你说的去做呀,你让我往二单元三楼东边送,我是这么做呀。局长说你闭嘴吧,你就不会当自己是个哑巴。

木子难受的想哭。

后来一件事,真让木子哭了。这天,又一个领导要来单位。局长在那个领导来之前告诉木子,单位要争取一项资金,几百万,就看这个领导高兴不高兴,他一高兴,就会把资金拨下来。为此,局长反复交代木子,让木子服务好领导,让领导高兴,争取把资金要到。随后,领导就来了。木子牢记局长的教导,跟领导喝酒,领导要几下就几下。这样喝,木子就醉了,领导在木子醉了后把她扶进了宾馆的房间。等木子醒来,发现自己躺在床上,身上脱得精光,床单上到处是血迹。木子就明白发生了什么,木子伤心地哭了。

木子后来去告了领导,但没用,木子根本告不倒领导。木子没保留现场,她是在几天后才去告领导的。这样等于白告,木子拿不出证据。何况还有很多人证明,领导一喝了酒就走了。这样,木子就白白被领导强奸了。不仅如此,木子因为告领导,被局长赶走了。

那些天,木子整天以泪洗面。

荡不起来的秋千

没有了事做，木子又经常往那家时尚剪屋门口走过，木子又想去学剪头了。一天木子进去了，跟里面的人说她想学剪头。但人家不招人，拒绝了木子。木子很失望，转身就走。但他们又喊住了木子，跟木子说："我们免费为你设计个发型吧。"

木子说："不要钱？"

他们说："不要钱。"

木子说："你们为什么要跟我免费？"

他们说："你很漂亮，我们跟你设计个好发型，可以宣传我们时尚剪屋。"

木子就坐了下来。

两个小时后，他们为木子做了一个发型。木子在镜子里左照照右照照，觉得很好看。

但随即，木子从镜子里看见另一款发型和她头上的发型一模一样。

那发型，定型在一个木偶头上。

木子呆在镜子前。

呆着的木子也是一个木偶了。

迷路的男人

这时天不早了,夕阳西下,男人只是坐在河边,有断肠人在天涯的伤感。

男人原本有个好妻子,有个幸福的家,但男人不懂得珍惜。男人居然见异思迁喜欢上了另一个女人。男人后来不要那个家了,他跟妻子离了婚,住到那个女人家里去了。但让男人没有料到的是,女人后来也见异思迁喜欢上了别个男人。这回,男人想在这个家待也待不住了,男人也离开了这个家。

男人从女人家里出来后在外面东游西逛,后来,男人来到一条河堤上。男人累了,没再走,在河堤上坐下来。这时天不早了,夕阳西下,男人只是坐在河边,有断肠人在天涯的伤感。渐渐地夕阳落山了,暮霭四起,男人看见身边走动的人都行色匆匆,"决皆入归鸟",现在,是决皆归家人——男人眼里都是匆匆忙忙赶回家的人。远处,有人在呼喊,这声音男人听得很清楚:"小燕,回家——"一个女孩应了一声:"妈妈,来了——"男人扭头去看,但夜色重了,男人只闻其声没见其人。

男人也该回家了,但他呆坐着,没动。

离男人不远,有一个想回家但回不了的人,这是一个五六岁的孩子,他迷路了。孩子后来嘤嘤地哭起来。这哭声惊动了男人,男人没有再呆着,起身寻了声音去。不久,男人看见哭着的孩子。男人在孩子身边呆了几秒,然后开口问孩子说:"你哭做什么?"

孩子看看男人,孩子说:"我迷路了,我好怕。"

男人说:"有叔叔在这儿,你别怕。"

孩子听了,哭声小了点儿。

男人随后开始启发孩子,男人说:"你知道你爸爸妈妈叫什么吗?"

孩子说:"知道,我爸爸叫林丹,我妈妈叫杨小雪。"

男人说:"那你一定记得你住的地方叫什么?"

孩子说:"我妈妈说过,我住的地方叫河东湾。"

男人听了,笑起来,男人说:"你别害怕了,叔叔知道这个地方,叔叔带你回家。"

男人说着,牵着孩子,在夜色里离开了河堤。

孩子没有说错,他真的住在河东湾,男人把孩子一带到那儿,孩子就找到自己的家了,孩子的父母非常高兴,千谢万谢。孩子也懂礼貌,会说话,孩子说:"谢谢叔叔。"

男人说:"不要谢。"

孩子又说:"现在天很晚了,叔叔也快点儿回家吧。"

男人说:"好,叔叔也回家。"

男人说着转身走了,要回家,但走了一会儿,男人发现他无家可归了。意识到这点时,男人也像孩子一样,想哭,他现在觉得他跟那孩子一样迷路了,他不知道家在哪里。

带女人回家

门里的女人忽地把门开大了,门里的女人说:"真的呀?"

李文晚上带了个女人回来,或者,是个女孩也有可能。院里的张嫂没看明白,只看出李文带回的是个女的,而不是个男的。张嫂是听到院里有脚步声才把门开成一条缝,才看见李文带了个女的回来。张嫂就睁大了眼,注视着李文在黑暗中把女的领进了家门。

在李文把门关了后,张嫂不晓得是高兴还是生气,张嫂有点无所适从的样子。张嫂从门边走进里屋,又从里屋走出来。还跟正在看电视的十几岁的儿子说李文带个女的回来。说过,又觉得这事不能在儿子跟前多嘴。于是不说了,开门出去敲开了隔壁一户人家的门。门里,也是一张女人的脸。张嫂看着这张脸,小声说:"李文带了个女的回家。"

又说:"正关在屋里哩。"

门里的女人忽地把门开大了,门里的女人说:"真的呀?"

张嫂说:"真的,我亲眼看见的。"

门里的女人说:"李文这家伙,我看他就不是个好东西,果然,老婆昨天才去广西老家,他今天就带了女的回家。"

张嫂在女人说着时进门了,随即,那门关成了一条缝。张嫂和女人在门里呆着,想看李文什么时候把女人送出来。

但李文没把女人送出来,张嫂和女人等了好一会儿,出去了。两人蹑手蹑脚走近李文的门边,想往里看,但门上无缝,什么也看不到。

两个蹑手蹑脚走回来后,才分手,各自回屋睡了。

但张嫂一夜也没睡着。

第二天,张嫂见一个人,就说:"李文带了个女的回家。"又见一个人,也说:"李文带了个女的回家。"说过,张嫂还要补充一句:"现在那女的还在李文屋里,晚上没听到他们开门出去。"

刘国芳哲理小说

66

不一会儿,一院的人都知道了,大家也像张嫂一样,不知是高兴还是生气,也有点儿无所适从的样子。有的人,要做的事不做,只注视着李文的房门,希望看到那女的走出来。

那女的,还真从门里走了出来。大家看清了,这女的还不能称为女人,她还是小小的样子,只能算个女孩。

是李文把女孩领出来的,李文见了大家,没有丝毫的不好意思,还笑,看着院里所有的人笑着。然后带着女孩走了。

大家在李文走了后表情一致,这表情当然不会是高兴,而是生气。生着气时张嫂说:"人心不古,世风日下,这李文怎么就公开带个女的到家里住呢?"

众人啧啧,当然,这啧啧声里尽是不屑。

大约三天后,两个公安带着两个人来找李文。院里张嫂他们见了,表情又很一致,这表情就是高兴。院里张嫂他们想过,这李文公开把个女的带进带出,迟早会出什么事的。这不,公安找麻烦来了。

但李文出去了,不在家。

张嫂及时走到公安跟前,不怀好意地问道:"找李文什么事呀?"

公安笑着,笑得张嫂他们心里很不是滋味,公安说:"早几天一伙人贩子贩了几个女孩路过我们这里,一个女孩逃了出来,在那伙人追着女孩时,李文救了她,这两人是女孩父母,他们来感谢李文。"

张嫂的儿子也在,听了,大声说:"我晓得李文哥是好样的,他在上

班,我带你们去找他。"

张嫂听了,凶一句过去:"关你什么屁事,读你的书去。"

张嫂说着,一脸生气。

院里的人,表情又和张嫂一致了,都生着气。

荡
不
起
来
的
秋
千

蒲 公 英

那时候，失意就像春天的草一样在我思想里蓬蓬勃勃。

曾经在堤上相遇一个老人。

那时候我正失意着，骑着车子在堤上乱走，一不留神，车子歪了下去，险些撞着坐在堤下的一个老人。在向老人表示了歉意后，我没走，就坐在老人身边。

那是春天的一个上午，阳光明媚，清风徐来。草绿了花开了，那些花儿，在远远近近的绿草间星星一样闪烁。无数老人孩子在草里徜徉花里漫步，他们脸上，也像春天的阳光一样灿烂。

只有我例外。

那时候，失意就像春天的草一样在我思想里蓬蓬勃勃。很久以来，我看见一片落叶，便伤感。觉得自己也是一片落叶。我看见一片落花，也伤感，觉得自己就是一片落花。看见流水，还是伤感，觉得自己的生命就在这平平淡淡中像水一样流逝了。

老人看出了我的失意。

老人后来跟我说起话来，老人说："年轻人，怎么这样无精打采呢？"

　　我手里缠着一根草，我在老人问过后，晃了晃那根草，我跟老人说："我这辈子将像这根草一样平凡。"

　　老人没做声，只看着我。

　　我在老人的注视下说了起来，我说我是一个很不幸的人，初中时因一场病休学一年。此后，学习成绩一直很差，勉强读了高中后，再没考取大学。我又说一个人连大学都没上过，毫无疑问是一个平凡的人，我这一辈子将在平凡中度过。我还说我是一个不甘平凡的人，我从小就立下了志愿，一定要让自己的人生辉煌。

　　说到这里我流泪了，我心里装不下太多的失意，它像汹涌的洪水，找到了决口。

　　老人这时开口了，老人说："你知道你手里是什么草吗？"

　　"不知道。"我说。

　　"它是蒲公英。"老人说。

　　"它就是蒲公英吗，我常在诗人笔下见到它，可它也很普通呀。"我说。

　　"你没看见它开着花吗？"

　　"看见了，一种小花，毫不起眼。"

　　"是不起眼，但它也可以辉煌。"

　　"在诗人的笔下。"

　　"不。"老人摇了摇头，注视着我。俄顷，他站了起来，跟我说："我带你去看一个地方吧。"

　　我听从了老人，也站了起来。

　　随后，我跟着老人沿着那条堤往远处去，大约二十几分钟后，我看见了一个足以让我这一生都震撼的景致。那是一块很大很大的河滩，有几十亩甚至上百亩大。整个河滩上全是蒲公英，漫无边际。蒲公英开花了，那些毫不起眼的黄黄白白的小花，在阳光下泛着粼粼波光，那样美，那样烂漫，那样妖娆，那样蔚为壮观，炫目辉煌。

　　一朵小花，也可以这样辉煌吗？

　　我们再没说话，就那样伫立着，起风了，花儿轻轻地向我涌来。我心里，一下子盛满了那些美丽的蒲公英。

　　我忽然觉得我也是一朵蒲公英了。

　　一直到现在，那漫无边际的蒲公英还在我眼里烂漫着，而且，我在那里看见了我自己。

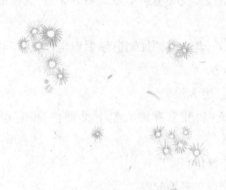

第 三 辑

爱情花瓣

外　遇

或许有人猜到了，跟平妻子结婚的那个人，是平的朋友。

平感觉到妻子有外遇。

哪个男人碰到这种事都很难过，平整天苦着一张脸。一天平苦着脸找到一个极好的朋友，这个朋友以前常到平家里来玩，平跟这个朋友无话不谈。平在朋友跟前也苦着一张脸，平说："我妻子最近总是晚上出去，很晚回来，回来时头发零乱，衣衫不整。"

朋友说："你妻子一定有外遇。"

平说："我也是这么想的，为此，我来找你出主意，你说我该怎么办？"

平的朋友是个见多识广的人，他想了想，跟平提了三条建议。

这三条建议是：

一、痛打妻子一顿，然后跟妻子离婚。

二、装聋作哑，等于什么事也没有发生。

三、向你妻子学习，自己也在外面找个女人。

朋友就这三条建议作了解释，朋友说如果你不想跟妻子过，你就可以把妻子痛打一顿，然后离婚，这样

可以显出男子大丈夫的气概。如果你离不开妻子,那么你只得委曲求全装聋作哑。如果你既不想离婚,又咽不下这口气,那么你就在外面找个女人,以求心理平衡。

平那时候不想离婚,但又咽不下那口气,于是他采纳了朋友的第三条建议。

一个人想去做一件事,就能做成。平后来真和一个女人好上了。在平看来,这个女人简直十全十美,女人首先年轻,其次漂亮,再就是身材好皮肤白。平开始跟女人好的时候,只是想跟女人玩玩。后来,平便喜欢上女人了,想把妻子离了,跟女人结婚。

当然,女人也有这个愿望。

要结婚,先得和妻子离婚,但平觉得离婚是件很麻烦的事,他不知道怎样才能把妻子离了。

平又去找了那个朋友。

朋友这回没跟平提三条建议,朋友说这还不简单吗,抓住你妻子有外遇的把柄,一下子就能把婚离了。

平一向听朋友的,他采纳了朋友的建议。

过后,平便经常跟踪妻子,妻子外出,他总悄悄跟在后面,希望能发现妻子跟别人好,但平失望了,平跟踪了好一段时间,没有发现妻子任何蛛丝马迹。

平再次找到那个朋友。

平一直认为朋友比他聪明,果然,朋友又跟平出了个主意。朋友说你既然抓不到你妻子的把柄,你就让你妻子抓住你的把柄,你妻子知道你有外遇,或许会主动提出跟你离。

平觉得也只有这样了。

这后来的一天,妻子不在的时候,平把女人带了回家。平的目的显而易见,平要让妻子回来后发现他有外遇。平的目的达到了,妻子很快回来了,妻子大叫大闹了一通后,提出了离婚。

平如愿以偿把婚离了。

但平并没结成婚,那个跟平相好、要跟平结婚的女人有一天不见了。平到处去找,但就是找不到,女人好像蒸发了一样,无踪无影了。

倒是平的妻子很快结婚了。

或许有人猜到了，跟平妻子结婚的那个人，是平的朋友。

千真万确。

爱 情 餐 券

很多年后，男孩女孩也结婚很多年了，但男孩还保留着那本餐券。

男孩第一次参加一个很重要的会议，会期七天，男孩领到一叠装订好的餐券。餐券纸不但厚，还五颜六色。几十张装在一起，厚厚的一本。

男孩的故事，从撕第一张餐券开始。

第一天

男孩往餐厅去，门口，站着女孩，盈盈地笑。

女孩：早上好，欢迎光临。

男孩：谢谢！

男孩真的是第一次来开这样的会，男孩甚至不知道要拿餐券出来。但这不要紧，女孩会提醒他。

女孩：欢迎你来用餐，请出示您的餐券。

男孩：哪一张？

女孩：第一张，红颜色的。

男孩把这张餐券撕给了女孩。

第二天

第二天重复第一天，女孩在餐厅门口盈盈地笑着。

女孩：早上好，欢迎光临。

男孩:谢谢!

但不同的细节也是有的,来看晚上。

女孩:晚上好,欢迎您来用晚餐。

男孩:谢谢!

男孩说过谢谢,忽然又补了一句:感觉到你们这里的饭菜很好吃。

便轮着女孩说谢谢了。

第三天

第三天的不同在中午,男孩把黄色的餐券撕好捏在手上,走近女孩,男孩先开了口。

男孩:我又光临了。

女孩:欢迎您光临。

男孩:每次走到你这里总是很愉快。

女孩:谢谢!

第四天

女孩天天在餐厅门口,男孩跟女孩很熟了,男孩女孩现在除了说欢迎光临或请进谢谢之类的话外,男孩还敢跟女孩说些别的话。

男孩:你笑的很迷人。

女孩:谢谢!

第五天

日子还在重复,但不同的细节依然存在。这天的不同在晚上,男孩把最后一张青色的餐券撕下,但又不舍得给女孩。

男孩:你看,厚厚的一本撕薄了,日子也一天天撕掉了。

女孩:你好像舍不得。

男孩:是舍不得。

第六天

这天的不同仍在晚上,男孩很不情愿地撕下了一张蓝色的餐券。

男孩:又把一天撕给你了。

女孩:怎么是给我呢?

男孩:我觉得是给你了。

第七天

这天早上和中午都和任何一天一样重复着。

女孩：早上好，欢迎光临。

男孩：谢谢！

但晚上有所不同，男孩手里拿着最后一张紫色餐券，不舍得给女孩。

男孩：这最后一张餐券可以不给您吗？

女孩：不行。

男孩：把这张餐券给了你，日子就没有了。

女孩：你这么年轻，日子还长哩。

男孩：我是指跟你在一起的日子。

女孩：也会有的。

女孩不是安慰男孩，在男孩吃完饭走到餐厅门口时，女孩把一本餐券送给了男孩。

很多年后，男孩女孩也结婚很多年了，但男孩还保留着那本餐券。

一天女孩看见了那本餐券。

女孩：你怎么还保存着这本餐券呀？

男孩：我希望我们的日子永远是这样厚厚的一叠呀。

女孩笑了。

荡 不 起 来 的 秋 千

口 红

又若干年,这天,女人发现他身上有一块口红。

那时候,他正在热恋中,两个人总抱在一起。一天依偎着,她把口红弄在他身上了。

这时候,他们出口的任何语言都情意绵绵。

男:你看到我身上有什么吗?

女:没看到。

男:我身上有了你爱情的烙印了。

女:呀,口红弄到你身上了,弄脏了你的衣服。

男:不脏,爱情的烙印吗,弄的再多我也高兴。

女:可是,这烙印不牢的,一洗就掉。

男:那我不洗,好不好?

女:真的吗?

男:真的,我就这样穿出去。

女:你不怕人家笑话你吗?

男:怕什么,人家羡慕我还来不及哩。

女:为什么?

男:这说明我有女朋友呀,而且,别的女人看见这爱情的烙印,也不敢喜欢我了。

女:那我再盖几个。

男:盖吧,只要你喜欢,把我身上盖满都可以。

女:好吧,我让你心里只有我。

……

他们结婚后的若干年,这天,女人在他身上靠了靠,也把口红弄到他身上了。

这时候,他们出口的话跟以前判若两人了。

男:你把口红弄到我身上了。

女:你不喜欢吗?

男:弄脏了我衣服。

女:我的爱情还不如你一件衣服吗?

男:都一把年纪了,怎么还把爱情吊在嘴里。

女:你变了,你不喜欢我了。

男:随你怎么说。

女:你原来不是这样子。

男:原来是原来,现在是现在,人还会老哩,你看看你,老大不小了,还涂什么口红。

女:我难道就老了吗?

男:我不跟你说了,我要出去。(往外走,但才出门,又走了回来。)看看,把衣服弄成这样,叫我怎么出去。

女:我跟你洗。

男:算了,我换一件。

……

又若干年,这天,女人发现他身上有一块口红。

这时候,两人出口就是吵了。

女:好呀,你在外面有野女人。

男:你不要整天神经过敏,好不好。

女:我有证据。

男:什么证据,拿出来给我看看。

女:证据就在你身上,你看,你这儿的口红哪来的?

荡不起来的秋千

男:(一笑)这口红不是你不当心弄上去的吗?

女:你胡扯,我好久都不涂口红了。

男:(一惊)你没涂口红吗,那我身上这口红哪来的?

女:你自己心里有数。

男:我有什么数,我自己都不知道这口红哪来的。

女:(大声凶道)你不要抵赖了,你告诉我,那女人是谁?

男:(想走)我不跟你说了,我有事要出去。

女:你别走,又想去会那个野女人吗,你跟我说清楚,那女人到底是谁?

男:(无可奈何的样子,并脱下衣服要洗)不跟你说了,我洗衣服去。

女:(一把扯住衣服)不准洗,你以为你洗了我就不知道你外面有野女人吗,我没那么蠢。

男:你怎么像个泼妇一样,你看看你,像什么样子,既不化妆,也不打扮,连口红都不涂,你这样子,哪个男人不会吓跑。

女:(哭)你好卑鄙,自己在外面找野女人,到头来还怪我不好。

老鼠带来的爱情

在这儿站了几分钟后,他有了个想法,觉得她像只母老虎。

　　见面时,介绍人看着他,很详细地把他的情况作了介绍。介绍人说她18岁参加工作,21岁入党,22岁担任团委书记,24岁担任车间主任,25岁担任副厂长,27岁任厂长,今年28岁。介绍人说她曾被评为全市优秀团支部书记,全市三八红旗手,全省青年文明标兵。介绍人还说她这一切都是干出来的,说她曾经七天七夜在车间里搞革新,昏倒在工作台上……他看着介绍人,静静地听着,面带微笑,但后来他就有了变化,当然,这种变化没在脸上表现出来,他只在心里说我只想找个老婆,不想找一个女强人。

　　一分手,他就作出决定,不和她谈。

　　但她似乎对他很有意,过后居然打了电话来,约他出去走走。他拒绝了,当然,他说的很委婉,说他有事,出不去。她不知道他在骗她,过了一天又打了电话来,仍约他出去。他还是拒绝,找借口推辞。

　　这两次过后,她再没打电话来,但有一天她竟然找上门来。这回,他不能赶人家了,出于礼貌,他也得陪她

坐坐,陪她聊聊。

以后,她又来过几次,他们还谈得来,很多观点也还相近。但他心里还是不能接受她,她来了,他不冷不热地接待她。她不来,他绝对不去找她。她很主动,不仅来,有一次还要帮他洗衣服。当然,被他拒绝了。还有一次,要帮他拖地板,也被他拒绝了。

接触了一阵,他觉得她还是不错的,是个很善良的人。一天一个老人上门乞讨,她给了10块钱,还让他打了一碗饭给老人。还有一次她来找他,问他有没有旧衣服,她说他老家发水灾,她想多捐点儿衣服过去。这两件事过去,他对她的看法有了些改变,他开始接受她了,有时候也会去找她,约她出去走走,散散步。

有一天他又去找她,这次,没去她家而去了她单位。就要走近她办公室时,他忽然听到她的声音,那种大声训人的声音,非常凶。他站在门口,不敢进去。在这儿站了几分钟后,他有了个想法,觉得她像只母老虎。

他逃走了。

他对她的感觉又回到了开始,他老觉得她是个女强人,女能人,是三八红旗手,青年文明标兵,甚至,是只母老虎。

他还是无法接受她。

后来,他就提出中止下去。

她当然不会死皮赖脸,但问了他一个问题,她说我到底哪里不好。他想了这个问题,花了好长的时间,但想不出一点儿结果。

按说他们应该分手了,但结果难料,他们没分手,又接触了一段时间,他们结了婚。

婚后他们生活得很好,很和谐。

在他们有了孩子后,一天,她又提了一个问题,她说你一直不接受我,甚至都提出分手了,后来,你怎么又跟我好了起来呢?

他笑了笑,他说你记不记得,那天我们要分手了,你在前面走,我在后面送,忽然一只老鼠往你那脚下蹿来,你吓得尖叫一声,往我身上扑……

她打断他,问他说:"就为这?"

他点点头。

她说:"为什么?"

他说:"因为我觉得你也是个女人。"

上面是一个真实的故事,或许你也听过。我知道这个故事后产生了这样一个想法,那就是爱一个人没有什么理由,有时,它只是因为一个稍纵即逝的感觉。

荡
不
起
来
的
秋
千

积木别墅

当有一天女孩认真地搭出了一幢漂亮的别墅后，她高兴了。

女孩一直向往住上一幢别墅一样的房子。

小时候，女孩跟外婆住在一起，那是一间小阁楼，只有7平方米。大了些，女孩到了父母身边。但父母的住房也是小小的一间房子。女孩有一个同学，住在一幢别墅里，女孩有一次去了同学家，那别墅十分漂亮，女孩羡慕极了。从此，女孩有了这个美好的向往。

女孩后来走出去，看见好看的别墅，总会看上半天。有一次看久了，居然忘了回家的路。结果女孩迷路了，大人找了她好久，才找到她。

随着女孩大了，她的向往具体起来，那就是她要找一个有别墅的对象。

但事与愿违，她喜欢的男孩并没有别墅。

女孩一开始就知道男孩没有别墅，但女孩爱他，并没离开他。男孩知道女孩的向往，他为此觉得很对女孩不起。有一天男孩买了一幢别墅送给女孩，当然，那是一幢积木别墅，塑料的积木，非常好看，女孩一看就喜欢。以后，女孩总像小孩子一样，趴在屋里搭着积木玩，

那积木可以搭好多好多种别墅,每一种都好看。女孩每搭好一种,都高兴,仿佛她真的有了一幢别墅似的。一天男孩也来陪女孩玩,他们搭好一幢好看的别墅后,男孩很认真地看着女孩说嫁给我吧,今后我一定让你住上这样好看的别墅。

女孩被男孩感动了,她答应了嫁给男孩。

但女孩并没有嫁给男孩。

是因为一个男人的出现,才使女孩改变了主意。

那是一个有钱的男人,他说他一看见女孩就喜欢上了女孩。女孩不喜欢他,一点儿也不喜欢,她拒绝了男人。但女孩越是拒绝,男人越是追着不放。一天男人又去找女孩,竟看见女孩一个人在家里搭积木。男人见了,冷笑一声,跟女孩说你怎么还玩小孩子的游戏。说着,男人把女孩拉走了。男人把女孩拉到一幢别墅前,这是一幢十分漂亮的别墅,像女孩小时候见过的一样。女孩眼里,立刻闪出光彩来。男人读出了女孩眼里的内容,他跟女孩说嫁给我吧,你嫁给了我,这别墅的主人就是你了。说着,男人把一串钥匙往女孩手里放。

女孩竟把它接住了。

女孩很快和男人结了婚,当然,在结婚前,女孩和男孩作了了断,这了断也简单,就是把那个积木别墅还给了男孩。

但婚后,女孩发现她并不喜欢男人,和男人在一起生活了很久,女孩还觉得她和男人很陌生。那幢别墅也一样,住了许久,还是陌生得很,女孩总觉得那不是自己的房子。男人也不是真喜欢女孩,婚后不久,他对女孩的热情就消失了,继而对女孩很冷淡。没有爱情的生活是过不好的,两人后来总是吵架,扔东西,甚至大打出手。再后,男人不愿吵了,他在外面跟别人好。女孩在得知男人另有所爱后,明白她又一次迷失了,像小时候一样,因为一幢别墅而迷失。

终于有一天,女孩和男人离了婚,那幢别墅没有留住女孩,她走了出来。

那男孩,还爱着女孩,女孩尽管嫁给了别人,但他对女孩的许诺并没改变,他一直在努力着。经过很多年的努力,他真的有了一幢别墅。

男孩在女孩离婚后去找她了。

荡不起来的秋千

男孩把女孩带到那幢别墅里，他跟女孩说只要女孩还爱他，她就可以留在这幢别墅里。女孩凄惨地一笑，跟男孩说我的爱已窒息在别墅里，我怎么还敢住在别墅里呢。

这幢别墅也没留住女孩，女孩走了。她从小就向往住进一幢漂亮的别墅里，她的向往实现过，但她并不觉得幸福。现在，她仍可以拥有一幢漂亮的别墅，她向往的东西仍可以唾手可得，但她没有接受，她接受的，是那个积木别墅，也就是说，她从男孩那里拿走了那个积木别墅。当有一天女孩认真地搭出了一幢漂亮的别墅后，她高兴了。

女孩最终让自己回到了向往中。

人还是在向往中更美好。女孩后来跟很多人说。

雨　巷

我眼前这姑娘，穿一条格子花的大摆裙。头上，停着一只蝴蝶。

一天，我一个人走在一条小巷里。

落着雨。

这样的一条小巷，这样的一个雨天，戴望舒的诗，就把一条小巷写满：

荡不起来的秋千

撑着油纸伞，独自

彷徨在悠长，悠长

又寂寥的雨巷，

我希望逢着

一个丁香一样地

结着愁怨的姑娘

读着这样的诗句，心里就期盼一个姑娘走出来。

蓦地，真有一个姑娘走了来。

姑娘从另一条小巷里走出来，就走在我前面。

一个丁香一样地，结着愁怨的姑娘，不，这是戴望舒眼里的姑娘。我眼前这姑娘，穿一条格子花的大摆裙。头上，停着一只蝴蝶。

还打一把红红的花雨伞。

雨还在落，但小巷，却明亮起来，像有一个太阳，在小巷里升起。

小巷跟着姑娘一起年轻起来。

一个年轻人，是我，默默守在姑娘身后。在丁香一样的气息里，我想起，这就是我要找的姑娘。

我想告诉她。

于是追上去，近了，碰到姑娘的伞。姑娘转过头来，灿烂一笑。

也笑，也灿烂。

笑着，就把要告诉姑娘的话忘记了。

笑着，还走到了姑娘的前面。

走了一会儿，我忍不住回了一下头。

姑娘消失了。

随同姑娘消失的，还有小巷里的太阳，小巷里的明亮。

戴望舒的诗，又把小巷写满：

> 在雨的哀曲里，
> 消了她的颜色，
> 散了她的芬芳——

读着这样的诗，我开始在巷子里找她。

巷子一条接着一条，一条一条走去，却见不到那个穿一条格子花的大摆裙，头上，停落着一只蝴蝶的姑娘。

也见不到一把红红的花雨伞。

只见到一个又一个老人。

我走近一个老人，问道：

见到一个撑伞的姑娘吗？

老人看看我，问着我说：

戴望舒诗里那个丁香一样的姑娘？

也是，也不是。

那就是我，我年轻时就是那样的姑娘。

我从老人身边走开。

接着走近另一个老人,也问:

见到一个撑伞的姑娘吗,她穿一条格子花的大摆裙,头上,停落着一只蝴蝶。

那是我年轻的时候。

又从老人身边走开。

再走近一个老人。

……

雨巷里,怎么只见到一个一个老人,只有老人,巷子也老了。

终于,见到一个年轻人。

年轻人向我走来,近了,问一句:

老爷爷,见到一个撑伞的姑娘吗?

看着年轻人,我问:

你叫我什么?

叫你老爷爷呀!

我老了,但还没见到那个撑伞的姑娘,只见到,戴望舒的诗写满了一条小巷:

荡不起来的秋千

> 撑着油纸伞,独自
> 彷徨在悠长,悠长
> 又寂寥的雨巷,
> 我希望逢着
> 一个丁香一样地
> 结着愁怨的姑娘

电　话

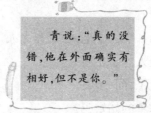

青说："真的没错,他在外面确实有相好,但不是你。"

青才进家门,电话就响了。青拿起话筒,听到一个女声喂了一声。青也喂了一声。青喂过,电话里就没有声音了。青等了一会儿,对着电话说:"你说话呀?"

电话里又有声音了,那女声小小心心问了一句:"你是?"

青回答说:"我是这屋里的女主人。"

电话那端又不做声了,但这回没沉默太久,电话里的女人就做声了,女人说:"怎么会这样,他一直告诉我他没成家的。"

青有些紧张了,青说:"你说什么?"

电话那端已经有了哭音了,女人说:"他骗了我,他是个骗子,他一直都告诉我他没有妻子的,呜呜……"

在哭音里,青听到那边吧嗒一声,女人把电话放下了。

青什么都明白了。

男人这时候进来了,男人是青的丈夫,青看见他,发作起来,青摔了一个杯子,大声说:"你真是个骗子。"

男人不知道青为何发脾气，男人小声说："怎么啦？"

青说："怎么啦，你心里有数，刚才有个女人打电话过来，你骗人家，说你没成家，没有妻子，你为什么要这么做，呜呜……"这回，青哭了。

男人听了，脸白了，呆在那里。

青哭着说："男人怎么没一个好东西，家里有妻子，怎么还要去跟别的女人好？"

男人开始解释了，男人说："我……我跟她只是逢场作戏，没有真感情。"

青打断男人，青说："你以为我会相信你吗，我不会相信你，我们完了，你去跟那个野女人过吧。"

男人有点儿发急了，大声跟青说："我跟她真的是逢场作戏，我看她对我好，就跟她玩玩，我们夫妻才是真感情。"

青又摔了一个暖瓶，青说："你不要骗我了，我不会相信你，我们离婚。"说着，青进屋去捡衣服了。

男人拦着青，不让她捡，但拦不住。男人想了一下，忽然说："我现在就跟她打电话，我们断。"说着，男人抓起话筒，拨过号后对着话筒吼道："没想到你这么歹毒，你为什么要打电话过来，破坏我的家庭。"

电话那端说："没有呀。"

男人说："没有，我现在家里闹翻了天了。"

电话那端说："我没有，真的没有。"

男人说："不要不承认，我们完了，我现在当着我妻子的面跟你说，我们完了，我根本就不爱你，我们从此一刀两断。"说着，男人哐当一声把电话放下了。

青这时已经捡好衣服了，要往外走，但男人拦住她，男人说："你也听到了，我跟她打了电话，我会跟她断的。"

青说："你断不断不关我的事。"

青说着要往外走。

忽然电话响了。

男人先接了电话，但很快，男人把话筒伸给青，男人说："找你的。"

青才把话筒放在耳边，就听电话里一个女声说："对不起，刚才我那

荡不起来的秋千

个电话打错了。"

电话里又说："我本想拨 8××6788，但不知怎么拨成了 8××6768，结果把电话打给了你。"

电话里又说："我现在特意打电话过来跟你解释一下，因为电话打错了，一切都是误会，希望这个打错了的电话不要让你们夫妻之间闹出矛盾。"

青这时开口了，青说："你没错。"

电话里说："错了，完全错了。"

青说："真的没错，他在外面确实有相好，但不是你。"

说着，青挂了电话。

接着，青出门了。

河边的爱情

> 有那么一刻，陈雨呆看着他们，一脸羡慕。

有一天，陈雨到抚州城外的一条堤上看书，堤是河的衍生物，陈雨实际上来到了一条河边。那时候还早，大概不到五点，河边除了陈雨，没有第二个人。陈雨随便在堤上坐下来，稍微发了一阵呆后，他翻开书看起来。

大概几分钟或十几分钟后，陈雨抬了抬头，这时陈雨看见离他几米远的地方坐了一男一女。两个人在堤下，陈雨在堤上，都朝着河，这样，陈雨实际上就在他们后面。陈雨看见两个人开始还隔着一点儿距离，随着男的一伸手，女的便倒在男的怀里了。

陈雨那时在看一本有关爱情的书，书中说爱情就是两个人耳鬓厮磨，爱情就是两个人缠缠绵绵，爱情就是两个人嬉笑打闹。现在，这些文字显得很苍白，两个人的演绎相对于文字来说要精彩得多。有那么一刻，陈雨呆看着他们，一脸羡慕。

但很快，陈雨意识到自己的不对，怎么可以这样呢，陈雨责怪起自己来，然后把头低下来，往书上看。但

荡不起来的秋千

陈雨认真不下来，陈雨时刻走神，眼睛不时地瞟着人家。

陈雨觉得他应该离开这儿。

陈雨就起身了往前面去，走了大约八九十米，陈雨停住了，这儿离那两个人很远，两个人在陈雨眼里变成了两个黑点。

陈雨又坐下来，眼睛在书上认真看。

也是几分钟或十几分钟后，陈雨又看见跟前坐了一男一女。两个人不知从哪儿冒出来的，但显然不是刚才那一对而是另一对。他们距陈雨的距离比刚才两个人还要近些，陈雨不仅看见两个人缠缠绵绵，就连他们的声音，陈雨也听的清清楚楚：

"你知道吗，我总想着你。"

"我不信。"

"真的，时时刻刻想着你。"

"这么想我做什么？"

"喜欢你呀，我看了书，书上说一个人会想着另一个人，就是喜欢上了这个人。"

"又来了。"

"真的。"

"我不相信你的花言巧语。"

"那我不花言巧语，我身体力行总可以吧。"

"你坏。"

显然，陈雨又意识到不能坐这儿了，陈雨站起来，又往前面去。

大概也走了八九十米，当那两个人又变成了两个黑点时，陈雨又坐了下来。

陈雨仍然在书上认真看。

也是几分钟后，当陈雨抬抬头时，陈雨竟然发现前面又坐了一对男女。两个人也是坐在堤下，脸朝着河。陈雨坐在堤上，陈雨恰好坐在他们身后。

离得近，陈雨想不看他们都不行，陈雨看见男的一把揽着女的，另一只手也伸过去。女的挡住男人伸过来的手，跟男人说："有人。"

男人说："没人呀。"

女的说:"还说没人,你回头看看。"

陈雨坐不住了,陈雨立即起了身,并往前面去。但走着时,陈雨好像还听到他们的声音,女的说:"谁说没人,一个人在堤上看书。"

男的说:"他走了。"

女的便回头看了看,然后说:"你就巴不得人家走开。"

陈雨走得很快,他其实一句话也没听到,但他猜得到,他们会说这些话。

走了大约八九十米,陈雨又要坐下来了,但还没坐下,陈雨就看见一男一女坐在这儿。陈雨没有坐下,仍往前走,但走了不远,又有一男一女坐在这儿。陈雨不能坐这儿了,还要往前走,但前面是抚河大桥了,那儿喧闹,不是看书的地方。

陈雨往回走起来。

但往回走也没有陈雨坐的地方,河边人多起来,一对又一对,陈雨觉得他坐在哪儿都不合适。

那时候不早了,接近傍晚时分,一对一对的人走来,往堤下去,在河边坐下。只有陈雨,一个人在堤上走着。河堤上有人回回头,他们看见了陈雨,他们觉得走在堤上的陈雨像一只孤雁。陈雨自己也是这么想的,他还想到,该找个对象了。

没过很久,陈雨便找到了一个女孩。两人才好,陈雨便急急地把女孩带到了堤上来。女孩到了堤上,满眼的熟悉,她跟陈雨说:"这地方我来过。"

这句话让陈雨发了半天呆,她来过,跟谁来呢?

荡不起来的秋千

纸 飞 机

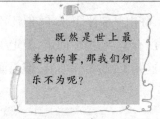

既然是世上最美好的事,那我们何乐不为呢?

平一直在看一本小说,一部外国小说。平是个不大爱看外国小说的人,但这本书是个例外。小说的情节其实很简单,一对陌生的男女偶然走到一起来,他们总共还没说上十句话,就上床了。但后来,他们再没分开,而且恩恩爱爱过完了幸福的一生。书中那种简单的爱情让平向往,平为此总是捧着那本书看,简直百看不厌。平尤其喜欢看书中开头的一节,也就是那对男女刚认识的那一节,他们精彩之极的对话已经烂熟在平心里,时不时地就会从平心里冒出来:

男:小姐你真漂亮。

女:谢谢!

男:你漂亮的脸简直就是一件最精致的工艺品,我好想抚摸一下。

女:那我就让你抚摸一下。

男:你的身材更迷人,让我忍不住想抱着你。

女:你想抱就抱吧。

男:抱住你的时候,你知道我在想什么吗?

女：你在想什么？

男：我在想要是能和你这样迷人的女人同床共寝，那简直是世界上最美好的事情。

女：既然是世上最美好的事，那我们何乐不为呢？

就是这样简单的几句话，就让两个人相拥上床了。平赞赏这样的爱情，并希望这样的好事会发生在自己身上。平是个喜欢简单的人，他不希望自己的爱情那么复杂，那么辛苦。他真的很希望自己的爱情像那本书一样，碰上一个女人，说上几句话，就可以上床。

平为此努力过。

平相遇过无数美貌的女人，平这时就像书上说的那样，对女人赞美起来。

平说："小姐你真漂亮。"

女人："谢谢！"

平："你漂亮的脸简直就是一件最精致的工艺品，我好想抚摸一下。"

女人没有像书中说的那样，说那句"那我就让你抚摸一下"。女人有生气的，有骂人的，也有不睬他的。只有一回，有个小女人像书中一样继续了下去，那女人说："我的脸真是工艺品吗，那我就让你抚摸一下。"

平摸着女人的脸，又继续下去，平说："你的身材更迷人，让我忍不住想抱着你。"

女人再没继续，女人说："你这人怎么特流氓。"

说着，女人气呼呼地走了。

这样的事经历过一回又一回，平就失望了。平不再抱有这样的幻想了。平知道在他的国度，这样的事是不可能发生的。在失望的日子里，平不再看那本书了。有一天平闲的无聊，又把那本书拿起来，但失望和生气让平对那本书不满起来。平把那本书一页一页撕下来，然后折成一只一只纸飞机。折了一大堆，平站在门口把纸飞机飞出去，一只一只扔向天空，然后看着纸飞机慢慢落下。有一只飞机，刚好落在一个从平门口走过的女人身上。女人看见平门口满地的纸飞机，笑起来，然后说："你怎么像个孩子？"

平没有顺着女人的话往下说，他看着女人，然后说：小姐你真漂亮。

女人：谢谢！

平：你漂亮的脸简直就是一件最精致的工艺品,我好想抚摸一下。

女人：那我就让你抚摸一下。

平：你的身材更迷人,让我忍不住想抱着你。

女人：你想抱就抱吧。

平：抱住你的时候,你知道我在想什么吗?

女人：你在想什么?

平：我在想要是能和你这样迷人的女人同床共寝,那简直是世界上最美好的事情。

女人：既然是世上最美好的事,那我们何乐不为呢。

平做梦也没想到,他向往的那种爱情会在他把那本书撕了后出现。平立即把女人迎了进门,然后把门关上了。

但几分钟后,平的门被人踢开了,几个人走进来,他们说:"有人举报这里有人卖淫嫖娼,果然如此,你们穿上衣服跟我们走吧。"

平傻起来,他没想到他的爱情会以这种方式收场。

落　叶

他说一个女人从铁塔上跳下来,就像一片落叶一样,我真怕她像一片落叶。

在很多电视剧里都可以看见这个爱情故事。

一个男人爱一个女人或者说一个女人爱一个男人,是真心相爱,山盟海誓的话说了不少。但有一天,女人忽然发现男人和别的女人抱在一起。女人生气了,拿出手机打了过去。听听他们说的什么吧,简直和某部电视剧的台词一模一样:

女:你身边的女人是谁?

男:(一惊,结结巴巴的)我……我同……同学……

女:你们竟然抱在一起。

男:没……没有……

女:还没有,我看见你们抱在一起了。

男:你在哪儿,你过来,听我解释。

女:我不想听,我恨死你了,我再不要见你了(关机)。

男:喂,喂,你听我解释,喂……

男人过后到处找女人,女人却躲着不见他。但女人不可能永远躲下去,有一天,他们见面了。

他们说的话谁听了都觉得熟悉,那几乎就是某部电视剧里的台词:

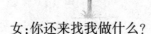

女：你还来找我做什么？

男：你听我解释。

女：我不想听，你走吧。

男：我不走，我不能失去你呀。

女：你已经有别人了，你还来缠着我做什么？

男：不是你说的那样。

女：我都亲眼看见了，你还不承认，我恨死你了，你走，走呀！

男：（悲伤地）我不走，你不听我把话说完，我绝不走。

女：好，你不走，我走。

男：（拦住女人）我只耽搁你两分钟，就两分钟，好吗。

女：（妥协）好，看在以往的交情上，我听你说两分钟。

刘国芳哲理小说

男：那女的是我以前一个同学，她一直爱我，我因为心里只装着你，一直没接受她……

女：（打断男的）现在你喜新厌旧了。

男：不是，我们其实很久没联络了，但有一天她打来电话，说她爱我，还说她现在在城外一座高压线铁塔上，我不去，她就跳下来。

女：你们在演生死恋呀。

男：人命关天，我赶紧跑了去，到那一看，她果然爬在铁塔上。见了我，她哭起来，她说爱情让她伤痕累累。她爱我，我不爱她，她为了忘记我，努力去爱别的男人，好不容易爱上了一个，但那男人后来又移情别恋。

女：怎么跟演电影一样。

男：我当时劝了她好久，让她下来，但她一直不肯下来，她说除非我爱她，不然，她就跳下来。我吓坏了，我记得一个作家写过一篇小说，他说一个女人从铁塔上跳下来，就像一片落叶一样，我真怕她像一片落叶。在这种情况下，我只好说爱她。

女：然后你们就抱在一起了。

男：当时她情绪很不稳定，我只好把自己当一棵树让她倚靠。

女：既然这样，你还来找我做什么，你应该好好去爱她呀。

男：当时实在没办法，只好这样说。我当时就想等她情绪平稳后，再跟她说清楚。现在我们已经说清楚了。

女：你说没说清楚跟我没关系(看表)，两分钟过了，我走了。

男：(拦住)求你别走。

女：(推开男的)别拦着我。

男人过后还是不停地去找女人，女人仍躲着不见。但男人有心要找，女人就躲不掉。这一天，男人又见到女人了。

这回，女人没怎么说话，差不多都是男人说。这场面，电视里也经常出现：

男：你还要躲到我什么时候？

男：你知道我这些天是怎么过来的吗，整天茶饭不思。

男：你就不能原谅我这一回吗？

女：我也想原谅你，但是我的心不肯原谅你。

男：请你给我一次机会吧，别再折磨我了。

男：这些天，我可是为你消得人憔悴了。

(说着时，一片树叶从树上飘飘摇摇落了下来，男人见了，紧走几步并伸出双手把树叶托住了。)

荡不起来的秋千

女：(惊诧地)你为什么要托住那片树叶？

男：习惯性反应吧，有时候只要有东西掉下来，我都想把它托住，哪怕是一片树叶。

女：(看看男的)我走了。

男：别走。

男人过后继续去找女人，但这天才出门，手机响了，是女人打来的，女人说：你在哪，我想见你。

见面后，男人很惊喜，这情形，电视里也有过：

男：你肯原谅我啦？

女：(打男人一下)明知故问。

男：你怎么想通了呢？

女：我怕你也去爬铁塔呀。

女人说着时，一片落叶从树上飘飘摇摇落了下来。

这回女人紧走了几步。

女人把落叶托在手里了。

纸 皮 带

男孩抢过皮带，要抽女孩，但最终，男孩把皮带抽在了自己身上。

刘国芳哲理小说

102

　　这个爱情故事比较老套，有点儿像旧电影里的爱情故事。男孩女孩是故事里的主角，他们住在一条街上，认得，但他们还是由媒人带着去见了一次面。男孩女孩的父母也一起去了。结果很好，男孩女孩彼此都有好感，他们的父母也没意见。这样，男孩女孩的爱情故事就开始了。

　　通常是男孩去女孩那儿。女孩喜欢在门口坐着，男孩来了，女孩便踢踢身边一条凳子，让男孩坐。男孩便坐下来，然后跟女孩说些话。男孩说他喜欢女孩，很早就喜欢。还说就是媒人不牵线，他也会来找女孩。女孩不大说话，只看着眼前那条街。那街也是一条老街，还铺着青石板。青石板上有深深的车辙，那是岁月留下的痕迹。这样的街上，房子也老，都是一些旧木屋，包括男孩女孩身后的屋子，也一样的破旧。但街上也不是什么都古老，街上新栽了些树，新长的细叶翠翠地绿。还有一户人家拆了老屋盖了新楼，这楼外面贴了红色的瓷板，灿烂得很。还有一些小车慢慢开过，是那种很漂亮

很新颖的小轿车。女孩见了小轿车，就有话要说了。女孩说这轿车真漂亮。又说这是什么车呢？还说车上坐的都是什么人呀？男孩本来就喜欢说话，女孩一说完，他马上接过话来。男孩说这轿车是很漂亮。又说这是奥迪吧。还说车上坐的人要么是当官的要么是有钱的。女孩眼睛还盯着车子，虽然那车已经走远了。女孩说你以后会当官吗？又说你以后会有钱吗？男孩明白女孩的意思，男孩笑笑，很有信心的样子，男孩说我一定努力。又说即使我没当官，也会努力赚钱，赚了钱，就买小车，让你坐。这时小车已不见了，女孩回过头来，看着街上那幢新楼。女孩说这幢新楼也蛮好看的，不知道我们以后能不能住上这样的房子。男孩又笑，男孩说你放心，我以后一定会让你住上这样的房子。

女孩也笑了。

男孩经常到女孩这儿来，每次，女孩都踢踢身边的凳子，让男孩坐。有时候女孩坐在一条搓板凳上。这凳很长，这时女孩就不会踢踢凳子了，而是移移屁股，让男孩跟她坐在一条凳子上。这是一条矮凳，男孩坐下后，会把他经常坐的那条高一些的方凳移到跟前来，然后在女孩屋里找些纸出来，在凳子上折一些纸飞机，让一些小孩子玩纸飞机在街上飞。男孩和女孩，则看着那些小孩子飞飞机。一天男孩看见女孩屋里有一些旧画报，男孩也拿了出来，然后很小心的把画报纸裁小，折起东西来。这次，男孩没折飞机。画报纸那么厚，折的飞机肯定飞不起来。男孩折的是一条像锯条一样的东西，上面有齿。女孩在边上看着男孩折，女孩不知那是什么，便问了男孩。男孩起先没回答，等那东西折得很长时，男孩把那东西在女孩腰上一围。男孩说你还看不明白吗，为你折的纸皮带呀。

这纸皮带很好看，五颜六色五彩缤纷，女孩很喜欢，有时候还真围在腰上。

后来，男孩女孩结婚了。

他们结婚时，还住在那条街上的老房子里。而且，这一住就是很多年。男孩以前说过，他要当官，要赚钱，然后买小轿车盖新房。但男孩的理想并没实现，他并没当到官，也没赚到钱。这样，男孩就买不起小车，盖不起新房了。女孩开始还充满了希望，渐渐地，女孩失望了。再后，女孩对男孩不满了。女孩常常跟男孩说街上的树都枝繁叶茂了，你怎么还是老样

子呀。

男孩无言以对。

那街上，新房子一天天多起来，一幢又一幢。女孩看着，不大做声，做声时，必定先叹一声，然后说哪一天我们才盖得起房子呢。街上仍有小车开过，女孩见了，不再做声了，只默默地看着。

后来，女孩就有了一个相好。

女孩经常跟相好出去，开始还瞒着男孩，在男孩上班后，她才出去。后来，女孩就肆无忌惮了，男孩在家，她也出去。女孩的相好是个有钱人，有车有房子。女孩总坐男人的车出去，男人就把车停在门口，女孩看都不看男孩一眼，就上了车。男孩有一天不在家，女孩还把男人带回家来。那车就停在他们门口。男孩回来发怒了，把门蹬了开来。那男人在男孩把门蹬开后提着裤子走了。但女孩，却没事一样。男孩十分气愤，过去扇了女孩一个巴掌，然后骂道："你裤带怎么这么松呀。"

女孩瞪了男孩一眼，从腰上抽出一根皮带来，是那根纸皮带，女孩晃了晃纸皮带，跟男孩说："你送给我的只是一根纸皮带呀，怎么紧得了呢？"

男孩抢过皮带，要抽女孩，但最终，男孩把皮带抽在了自己身上。

第 四 辑

都市霓虹

演 化

刘
国
芳
哲
理
小
说

106

> 现在,小提琴手不再站在街边拉琴了,他手里也没有琴。他呆坐在地上,木木地。

背时的小提琴手背着小提琴上街了。小提琴手原本有一个好单位,小提琴手每天通常只要上一个小时最多两个小时的班。其他时间,小提琴手就可以拉琴了。天天操练,小提琴手的琴艺就炉火纯青了。当然,这只是小城人对小提琴手的评价。小城人难得有几个人拉小提琴,拉得好的,更少。小城人在听了小提琴手拉的琴后,都说他的琴艺炉火纯青了。但琴拉得再好,也改变不了小提琴手背时的命运。小提琴手的单位有一天说倒就倒了。年轻的小提琴手再也领不到工资了。开始的时候,小提琴手不怎么介意,没有班上,就整天在家拉琴。但很快,小提琴手饥肠辘辘了,他只能拉出有气无力的声音。有那么一些日子,小提琴手放了琴,去找事做。也找到过几样事做,但每件事只做了几天,就被人家婉言辞退了。小提琴手于是发现,他除了会拉琴,什么也不会。没法,为了吃饭,小提琴手背着小提琴上街了。在做出这个决定之前,小提琴手犹豫了很久,但想想国外和国内一些大都市不都有艺术家上街卖艺

吗,小提琴手释然了。他背着小提琴,甩甩头发,从容地走上了街头。

小城人的评价没错,在这座小城,小提琴手的琴艺的确是炉火纯青的。他在街上一出手,随着琴音袅袅飞出,远远近近的人也袅袅走了来。小提琴手也是经过场面的,在这座小城,他多次登台演出,人越多,他的状态越好。现在,这么多人围着他,他的感觉便好极了,把一些曲子拉得美妙无比。但这些人只知道欣赏,并没人拿钱给小提琴手。大家给予小提琴手的,只是一些喝彩声。小提琴手那时已经饥肠辘辘了,他说我饿了,你们要给我钱呀。但这话小提琴手只在心里说,他没好意思说出口。小提琴手后来太饿了,便放下琴不拉。一个女孩,十七八岁的样子,她跟小提琴手说你拉呀。小提琴手说我有点渴。小提琴手原本要说我有点饿,但话一出口,却变成渴了。女孩听了,马上买了一瓶纯净水过来。小提琴手喝了水,多少有点精神了,又拉起来。拉了一会儿,女孩说拉《梁祝》吧,我喜欢听《梁祝》。小提琴手旋律一改,《梁祝》就在琴弦上飞了出来。这是一支忧伤的曲子,小提琴手联想到自己空有一身琴艺却无处发挥,悲从心起,于是把一支忧伤的曲子发挥的淋漓尽致,弄得女孩眼里颤颤地流出泪水。

一连几天,状态大都如此,尽管有很多人围着小提琴手,却没人给小提琴手一分钱。一天一个人扔给了小提琴手一块钱,但立即遭到那女孩的指责。那女孩几乎有些崇拜小提琴手了,天天来听琴。见一个人扔一块钱给小提琴手,女孩便指责那人说你这人怎么这样。那人不解,问女孩说我怎么啦?女孩说你怎么把钱扔给人家艺术家,你把人家当什么啦,当叫花子啦,人家是献身艺术,不是为钱。那人明白自己错了,脸有些红,慌忙把钱捡起来,还跟小提琴手说对不起呀。小提琴看一眼女孩,在心里说多事,我需要的就是钱。但小提琴手无论如何也不敢把这话说出来。

这天的状况还是一样,小提琴手拉了差不多一天的琴,还是没得到一分钱。傍晚的时候,小提琴手饿坏了,拉不动了,便在街边的台阶上坐下来。小提琴手一坐下来,围着的人就散了,包括那个女孩,也走了。后来,天就黑了,小提琴手又饿又累,在街边的台阶上躺了下来。

这一躺下,小提琴手马上睡着了。

一个小偷,在小提琴手睡着时把他的小提琴偷走了。不久,一个乞丐

颤颤地走了来,在离小提琴手一米远的地方坐了下来。

这个世界,还是有人好心,有人同情弱者的。有人看见了乞丐,扔给他一角钱二角钱五角钱或者一块钱。接着又看见了一头长发的小提琴手,朦胧中,没人认出他是小提琴手,于是也扔下一角钱二角钱五角钱或者一块钱。甚至连那个女孩,在没见到小提琴时,也认不出小提琴手了,她也向小提琴手扔下了一块钱。

小提琴手醒来时有两个重大发现,一是发现他的小提琴不见了,这让小提琴手很沮丧。但接下来小提琴手发现满地的钱时,他多少有点儿安慰,他迅速地把钱捡起来,然后跑进了附近的一家小餐馆。

第二天,小提琴手又来了。

现在,小提琴手不再站在街边拉琴了,他手里也没有琴。他呆坐在地上,木木地。

明显,小提琴手不再是小提琴手了。

荷

意识到自己紧
张,画家明白自己真
是喜欢荷了。

画家老是想着一个叫荷的女孩，画家明白一个人老是想着另一个人，有可能是喜欢上那个人了。不仅想着荷，画家要是看见荷有点儿感冒咳嗽，比荷自己还紧张。意识到自己紧张，画家明白自己真是喜欢荷了。画家有时候会强迫自己，让自己不想荷，但画家做不到。画家只要一闲下来，荷就出现了。当然，这只是画家的感觉，真实的情况是画家出现在荷跟前——画家去了荷那儿。

荷在闹市开了一爿花店。

荷明显对画家有好感，荷见了画家，总是一脸灿烂。荷这一脸的灿烂，总让画家想入非非，画家认为荷一定也喜欢他，不然，荷不会笑的这么灿烂。但很快，画家的这种感觉就会荡然无存。因为荷灿烂地笑过之后，就再没有更亲近的表现了，画家也无法再进一步。画家当然作过努力，比如有一次画家喝了酒，就把话说的很胆大了。画家说他天天想荷，又说他很想吻一下荷。还说他想得到荷。荷开始还是一脸灿烂，画家说天天想她

荡不起来的秋千

时,荷说你怎么可以天天想我呢,想你的妻子吧。画家说想吻她时,荷不再笑了,荷说你喝醉了吧。画家说想得到她时,荷生气了,荷说你出去。看着荷那么生气的样子,画家酒醒了,然后是深深的失望。

好在荷没计较画家,画家再去,荷又一脸灿烂。也因为这一脸灿烂,画家总是对荷抱着希望。为此,画家会一次次去找荷。一次画家又去了,这次画家在荷店里画起画来。就画荷店里那些花。画家画了几朵玫瑰,几枝百合,还画了一朵荷。荷看了画家画的荷,笑的更灿烂了,荷说谢谢你画我。画家说我没画你呀。我只不过画了一些花。荷就拿起画家画的那张荷,跟画家说这不是我吗,我就是荷哩。画家就笑了,跟画家说难怪。荷说难怪什么。画家说难怪你不跟我好,原来你是出淤泥而不染的荷啊。荷说谢谢。

这以后画家就很少去荷店里了,画家很想去,也一次一次往荷店里去,但往往走到半路上,画家就知难而退了。一次往回走时,画家经过一家发廊。在这儿,画家看见荷了。荷坐在里面。见了画家,荷过来拦住画家。画家那时候有点儿垂头丧气。见了荷,画家就神采奕奕了,画家立即跟荷走进了发廊。

其实这不是荷,她只是一个像荷的小姐。但画家总想着荷,看见一个像荷的小姐,画家就把她当荷了。画家在发廊口口声声喊小姐荷。小姐开始还说你怎么叫我荷呢,我不叫荷。画家说你就叫荷,小姐便不跟画家争了,只说你叫我荷,我就叫荷吧。接下来,画家又说了只有喝醉了酒时才会说的话。画家说他天天想荷,又说他很想吻一下荷。还说他想得到荷。小姐始终是一脸灿烂,画家说天天想她时,小姐说难得见到你这么好的人,会天天想我。画家说想吻她时,小姐说你这么好,我会不让你吻吗?画家说想得到她时,小姐说我依你就是。说着,就开始脱衣裳了。画家没想到事情这么简单,画家有点儿喜不自禁了。

从小姐身上起来,画家还是有所明白了,眼前这小姐不是荷,她只是一个像荷的小姐。但这就够了,画家知道他得不到荷,这个小姐像荷,他也知足了。

为此画家经常去找小姐,不仅如此,画家有时候还会带小姐出去。有一次画家就带小姐来到郊外,那儿有一口荷塘,塘里还开着荷花。画家指

了指荷,跟小姐说你看见了什么。小姐说没看见什么。画家说我在塘里看见了你。小姐说没有呀。画家说那朵荷花呀,就是你。小姐听了垂了垂眼帘,跟画家说那是一朵残荷。画家看看,果然,那是一朵残荷,一片一片的花瓣在往水里跌落。

荷是真的对画家有好感,尽管她没有接受画家,但他依然把画家当着朋友。画家好久没来了,她有些挂念画家了,这天有空,荷去了画家的画室。

画家刚和小姐分手,见了荷,画家很惊讶,画家说你怎么来了。荷说有些想你呀。画家说我们才分手,你怎么就想我呢。荷说你说什么嘛,我们好久没见了。荷这话说过,画家还执迷不悟,以为眼前站着的是发廊那个小姐。画家这时想画画了,画家跟荷说你莫动,我想画一画你。荷就不动,站那儿让画家画。

画家便画起来,眼前站着的人是荷,但画家一直在走神,眼里看见的老是那朵残荷。

画家画下了这朵残荷。

画家画好后,荷笑盈盈走过来看,但一看见画家画的画,荷的笑僵在了脸上。

随后荷哭着跑走了。

画家在荷跑走后忽然明白过来,刚才那女孩是荷,不是发廊那个小姐。

画家有些惭愧了。

画家后来再没去找过荷。

连那个小姐,画家也没去找她。

荡不起来的秋千

垃 圾

很多人相信了，这个漂亮的女孩的确是个捡垃圾的女孩。

捡垃圾的苏拉是个漂亮的女孩，开始见着苏拉的人，不会相信苏拉是个捡垃圾的女孩，但当苏拉弯腰捡起一个被压扁的矿泉水瓶时，很多人相信了，这个漂亮的女孩的确是个捡垃圾的女孩。

苏拉是从 12 岁开始捡垃圾的，这年苏拉就要上五年级了，但苏拉的父母没有再让苏拉读书。苏拉的父母也是捡垃圾的，他们没钱让苏拉读书。苏拉从此便提着一只编织袋，在城里到处走，见了易拉罐塑料瓶硬纸壳以及废铜烂铁什么的，都往编织袋里放。开始，苏拉还想着读书，见了背着书包的男孩女孩，苏拉的眼睛总被他们拉了去，跟着他们。后来，苏拉不再这样了，苏拉天天捡垃圾，眼里只有废塑料废纸壳空瓶子废铜烂铁了。换句话说，苏拉心里只看得见垃圾了。

有一个老板，经常看到苏拉捡垃圾。开始，这老板不相信这么漂亮的女孩是个捡垃圾的。但看见苏拉把压扁的易拉罐往编织袋里放后，老板就相信了。老板于是对苏拉满脸的怜惜了，总是跟人说："这么好看的女

孩,怎么捡垃圾呢?"一天说过,老板同情心大发,把100块钱扔在苏拉前面。当然,老板做得很巧妙,在口袋里掏东西时把钱带出来。老板就在苏拉前面,苏拉看见了,但苏拉捡的只是垃圾,钱不是垃圾,苏拉不敢捡。当然,苏拉最终还是把钱捡起来了,然后跑上去,喊住老板说:"爷爷,你掉了钱。"

苏拉这样就博得老板的好感了,老板不仅同情苏拉,还有些喜欢了。

一次,老板就问起苏拉来,老板说:"你怎么不读书呢?"

苏拉说:"我家里穷,读不起。"

老板说:"如果我供你读书呢,你读不读?"

这是一件很大的事,苏拉不敢做主。但很快,苏拉把这件事告诉了父母。但苏拉的父母没同意,他们跟苏拉说:"世上哪有这样的好事,那个老板肯定有什么目的。"

他们又说:"那老板那么大的年纪,他怕是看上我们苏拉吧。听说现在有钱的人,就喜欢玩年纪小的人。"

怕苏拉听不懂,他们还跟苏拉打了个比喻,他们说:"不要指望天上掉馅饼的事,就像我们眼里那些垃圾,永远也不会变成黄金。"

苏拉觉得父母说得很对,是啊,苏拉眼里天天看到垃圾,这些垃圾是变不成黄金的。

苏拉再见到老板时,一口回绝了。

苏拉还是捡垃圾,天天提着编织袋,在城里到处走。

好多年一晃就过去了。

好多年过去,苏拉大了。大了的苏拉还和以前一样漂亮。一个小伙子看上了苏拉,这小伙子有一个好单位,还是大学毕业生,人也英俊。小伙子一看见苏拉,便会从屋里找些东西给苏拉,比如一个空易拉罐几本废书什么的。一来二去,小伙子就和苏拉熟了。一天小伙子拦住苏拉,跟她说:"苏拉,你知不知道,我喜欢你。"

苏拉说:"你喜欢我,一个捡垃圾的人?"

小伙子说:"是,我喜欢你。"

苏拉吓跑了。

小伙子是真心喜欢苏拉,他后来还去见了苏拉的父母,小伙子说:

"我喜欢你们家苏拉，我希望你们同意我跟她好。"

苏拉的父母不同意，坚决不同意，他在小伙子走了后跟苏拉说："这是不可能的，他凭什么喜欢我们，我们是什么人，在别人眼里，捡垃圾的人还不跟垃圾一样。"

父母不同意，苏拉就不会跟小伙子好了，他跟小伙子说："我们是不可能的，我是什么人，捡垃圾的，跟垃圾一样。"

小伙子就叹一声，走了。

但苏拉大了，还得找对象，这以后又有一个小伙子走近了苏拉，这小伙子说："苏拉，我喜欢你。"

苏拉这回同意了。

苏拉的父母，也同意。

过后，小伙就天天跟苏拉在一起。

这小伙，也是个捡垃圾的。

刘国芳哲理小说

皮　鞋

　　四楼的男人总穿着一双旧皮鞋,男人从外面回来,脚一甩,皮鞋便甩在门口。男人出门,把脚往皮鞋里一套,就往楼下去。好长一段时间,有几年了吧,男人都穿着这双皮鞋上楼下楼。一双皮鞋穿了几年,当然很旧了。男人一天要出远门,在门口套上皮鞋时,男人觉得皮鞋太旧了,男人想换一双皮鞋,但让妻子找了好久,居然没有。

　　男人只好穿着那双旧皮鞋出门了。

　　下了一层楼,男人忽然看见三楼门口放着一双皮鞋。这双皮鞋也不是太新,但比男人脚下的皮鞋还是好多了。男人是个喜欢贪小便宜的人,男人在三楼犹豫了几秒钟,迅速过去换上了那双皮鞋,然后匆匆离开了。

　　男人那双旧皮鞋留在三楼门口了。

　　三楼的先生半个小时后开门出来了,这位先生把脚套在皮鞋里,明显感到脚下很别扭。先生于是看了看皮鞋,这一看,先生发觉皮鞋有些不对劲了。但这位先生是个很粗心的人,先生"咦——"了一声,跟自己说这皮鞋怎么就变成这样呢。说着，先生别别扭扭穿着那双皮鞋下楼了。

皮鞋大小也还合适，先生穿了一会儿就自然了。大概一个小时后，先生回来了。很奇怪的是，先生穿着那双皮鞋一直走到了四楼。当然先生自己没有觉察到自己到了四楼。先生以为自己还在三楼自己的家门口，先生的妻子这段时间没在外面做事，总在家里呆着，为此，先生出门一般不带钥匙，他像以往任何一天一样把手按在门铃上。

开门的当然是四楼男人的妻子，这是个脸面姣好的女人。这张脸一在门里露出，先生就知道走错了，先生于是忙不迭地道起歉来，先生说："对不起，我走错了。"

四楼的女人倒很客气，跟他说："没关系。"

让三楼的先生大为不解的是，两个小时后，他又走错了。先生去楼下超市买了一包味精，回来时，他又走到了四楼。先生走到三楼时，好像觉得这是自己的家，但脚下不由自主，还在往上走。到了四楼，先生又按了门铃，等门开了，先生脸红耳赤了，先生道歉说："真对不起，我怎么又走错了呢？"

四楼的女人还是那样客气，女人说："不要紧。"

这天三楼的先生再没出门，但第二天，先生从外面回来，他信步又走上了四楼。门开后，四楼的女人在里面盈盈地笑着，还说："就知道是你。"

先生只好又道歉，先生说："这是怎么回事，我怎么会老走错了呢？"

女人还是盈盈地笑着。

后来的两天里，先生上楼时会在心里提醒自己莫走错了，但那双皮鞋好像拉着他一直往四楼走去。这样，先生还是走错了几次。女人总是那样客气，每次开门后都盈盈地笑着。一次还说："你是不是想进来呀？"

先生说："没有没有，是走错了。"

这天晚上，先生又出去了。先生回来时已经很晚了，先生怕出错，认真起来，但鬼使神差，先生到了三楼时，脚下并没有停，好像有什么力量在推着他继续往上走。结果，先生又按响了四楼的门铃。门很快开了，女人站在门里说："进来吧。"

先生说："进来？"

女人说："按门铃的胆都有，怎么就没胆进来。"

先生脚一迈，进去了。

女人立即把门关上了。

关上门后女人立刻靠了过来，还说："你家伙贼胆大，知道我老公不在，就一次一次来找我。"

先生说："不是这么回事。"

女人说："你这样说就显得太不爽快了。"

先生不说了。

两个人便靠在一起了。

一个星期后，四楼的男人回来了。男人一上到四楼，就看到门口有一双男人的皮鞋。男人立即意识到什么，赶紧开门进去。

男人一进去，就看到三楼的先生在屋里，这先生正要出来，见一个男人进来，呆起来。

在屋里傻看了半天，三楼的先生"嘿嘿"笑了一声。

四楼的男人也"嘿嘿"一笑。

三楼的先生说："我来抄水表。"

四楼的男人说："噢——谢谢！"

荡
不
起
来
的
秋
千

说过，三楼的先生就到了门口，要出去。现在门口放着两双男人的皮鞋，一双新一些，一双旧一些。三楼的先生一眼就认出那双新一些的皮鞋是自己的。

三楼的先生从容地把新一些的皮鞋穿在脚上。

然后，这位先生下楼了。

奇怪的是，此后，三楼的先生再没走错过。也就是说，三楼的先生再没到四楼来。

钥　匙

刘国芳哲理小说

118

平弯腰捡起了一枚钥匙。

平喜欢收藏钥匙,他一看见地上的钥匙,就会捡起来。这样日积月累,平就有了很多钥匙,这些钥匙放在一只铝饭盒里,都有满满的一盒了。平有空的时候,会把铝饭盒里的钥匙倒出来,然后饶有兴致地欣赏着。平的妻子不以为然,在平欣赏着钥匙时撇着嘴说:"你收集这么多钥匙,想去做小偷呀。"

女人无心的一句话,还真说准了。

平其实不是个小偷,平是机关的干部,但因为那些钥匙,平还真去开了一回别人的门,体验了一回做小偷的感觉。当然,开始的时候,平没去开别人的门,他只是像以往一样,把饭盒里的钥匙倒出来,慢慢地欣赏着。平是在客厅里开着门欣赏那些钥匙的,平后来看了一下外面,这一眼,让平冒出了一个念头。平想这么多钥匙,有没有哪一把能把对面的房门打开呢?

平真去试了,平端着那个铝饭盒,一枚一枚钥匙往锁孔里塞。这户人家的男主人在市政府驻外办事处工

作,长驻西安,一个月都难得回家一次。女主人则和平一样,是机关干部。两户人家相处得很好,因为男人不经常在家,对面的女人有什么重活,会喊平帮她一下,比如搬搬煤气瓶什么的。现在,平知道女人上班去了,男人则远在西安。平慢慢试着,一点儿也不担心,差不多也把饭盒里的钥匙试了一半时,女人家的门被他打开了。

平迅速走了进去。

平进去后把门关了,然后这里坐坐那里看看,还打开冰箱喝了一瓶果汁。平一向对女人有好感,看见女人卧室的门没关,他也闪了进去,想到那个如花似玉的女人就睡在那张床上,平就有些心猿意马了,平也在床上躺了躺,并想像那个女人就在身边。

后来还有几次,平也去了女人房里。

一天下午,平又进去了,这次女人在房里。女人本来上班去了,但单位无事,女人又回来了。这是个大热天,天热的要命,女人回来后冲了个澡,然后光着上身躺在床上。平进去后又往女人的卧室去,平喜欢在女人的床上躺着。但一闪到卧室的门边。平便看到了女人了。而此时,女人也看到了一个人。女人开始惊叫了一声,等看清是平,女人不那么惊慌了,女人说:"吓死我了,你怎么进来的?"

平立即撒了个谎,平说:"你没关门,我怕有小偷进来,才过来看一下。"

女人说:"现在你可以出去了。"

平是个贼大胆的人,平说:"你那么好看,我怎么舍得出去。"

女人说:"你老婆还不一样。"

平说:"差远了,我老婆怎么比得上你。"

女人说:"你们男人怎么像一个模子里倒出来的,都认为老婆是别人的好。"

平说:"事实吗。"

平说着,走过去拥着女人,女人笑笑的样子,跟平说:"关了门没有?"

平说:"关了。"

这是一次良好的开端,过后,平经常到女人屋里去。有时候,是女人留好门,有时候是平用钥匙把女人的门打开。一次平开着女人的门时,平

的妻子回来了,妻子很吃惊,盯着平问:"你怎么开人家的门?"

平又撒谎了,平说:"女人的钥匙丢了,我钥匙多,她让我帮她把门打开。"

这话勉强能自圆其说,但女人还是狐疑地看了平一眼。

这后来的一天,平和女人在屋里快活,女人的丈夫回来了。这个男人身上没有钥匙,他一下车,就往女人单位打电话。但单位的人告诉他,女人开会去了。男人又打女人的手机,也没打通,女人关机了。这样,男人到了门外便进不去了,只在门外等。平的妻子在男人等着时回来了,见男人站在门口,女人说:"怎么不进去呀?"

男人说:"身上没钥匙。"

男人说着时,平的妻子开门进屋了,但她很快又出来了,她手里拿着那个铝饭盒,跟男人说:"我家男人平时就喜欢收集个钥匙,你试试,看这些钥匙里有哪把开得了你的门。"

男人觉得这是个好办法,立即动起手来。

男人把门打开,平和女人也没察觉,两个人还在床上滚着。男人还是蛮有修养的,他没有发作,只过来跟平的妻子说:"你去我屋里看看他们在做什么。"

女人便过去了。

这事的结果是,平很快和女人结了婚,而平的妻子,则和男人结了婚。

平的妻子,不,现在应该叫平的原妻了,她结婚后做的第一件事就是把铝饭盒里那些钥匙全扔了。

模　特

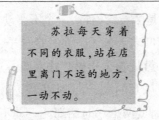

> 苏拉每天穿着不同的衣服,站在店里离门不远的地方,一动不动。

苏拉是个模特。

苏拉不是那种在 T 型台上走台步的时装模特,她是一家时尚衣店的试衣模特。苏拉每天穿着不同的衣服,站在店里离门不远的地方,一动不动。

开始苏拉不是模特,苏拉是乡下女孩,到街上找事做。找了好多家,才在时尚衣店找到事做,做营业员。时尚衣店有两个模特,天天穿着各种衣裳站在店里,一动不动。这模特,当然不是人,是石膏的。几乎所有的服装店都有这种石膏模特。苏拉做营业员时,天天要跟这些石膏模特换衣服。一天,苏拉跟一个石膏模特换衣服,这套衣服特别好看,换好衣服,苏拉跟模特说起话来,苏拉说你这套衣服真好看。又说你真有福气,天天穿最好看的衣服。模特天天站在店里站着,久而久之,苏拉觉得模特也是一个人了。苏拉有时候忍不住会跟模特说上一两句话。这天说的话让老板娘听到了,老板娘从中得到了启发,觉得让真人做试衣模特效果会更好。老板娘后来果然这样做了,而且就选定了苏拉做。苏拉长

荡不起来的秋千

得高,人又漂亮,老板娘一眼就看中了苏拉,不要她做营业员了,让她做试衣模特。苏拉开始不想做,她知道天天一动不动地站在那儿,会特别的累。但试衣模特工资很高,苏拉父亲有病,弟弟还在上大学,家里特别需要钱,于是苏拉就做了。苏拉每天穿着好看的新衣服,在店里站着,一动不动。

做试衣模特真的很累,老板娘规定苏拉不能动,要像石膏模特一样,站在那儿一动不动。开始,苏拉做不到。站久了,苏拉会动一下,这样,就会吓着人。人家觉得那是个石膏模特,一个不会动的东西。但冷不防,那东西动了一下。这样就吓着人家了。尤其是孩子,呆呆地看着跟前的模特,但模特突然动起来,就把孩子吓得哇哇大叫。这样,老板就批评苏拉了,让她别动。苏拉是个认真的人,为了那些钱,苏拉也得认真。苏拉后来适应了,她可以一个小时或两个小时站那儿一动不动。这样,苏拉也是个石膏模特了。

这家时尚衣店的做法显然很成功,苏拉虽然站得像石膏一样,但苏拉毕竟不是石膏。苏拉是个人,是个身材高挑脸相漂亮的女孩,那些衣服穿在她身上,无论如何比穿在那些没有生命的石膏身上好看。这样,时尚衣店的生意明显比以前好了。每天,这家时尚衣店都卖出了好多衣服。

时尚衣店的老板娘是个聪明的人,过了不久,她又玩出了新花样,那就是不让苏拉穿衣服,只让苏拉穿着三点式。老板娘还是从那些石膏模特身上得到启发的,老板娘发现,有些时装店因为没有合适的衣服给石膏模特穿,便让石膏模特光着或者说让石膏模特裸着。这些裸体的石膏模特,有时候更能吸引顾客的眼睛。老板娘为此也让苏拉光着。当然,没让苏拉一丝不挂,也让她穿三点式。苏拉开始不同意,但经不住老板娘左劝右劝,老板娘还许诺给苏拉加一倍的工资。苏拉的确需要钱,便答应了。

于是,苏拉天天穿着三点式站在店里。

这家时尚衣店又吸引了很多人,很多男男女女走进店来,都会被苏拉这具模特吸引住。苏拉仍然站的像石膏一样,一动不动。没人看出这是真人扮的模特,但所有的人都觉得这模特比真人还好看。在觉得模特好看的同时,有人还觉得奇怪,不知道这模特怎么会跟真人一样。什么事会

让人觉得奇怪，就吸引人。一家店能吸引人，生意自然会好。

苏拉这样站了一段时间，老板娘索性不让她穿衣服了。也就是说，老板娘要苏拉脱光了站在店里。老板娘仍劝苏拉，跟苏拉说你穿三点式不是也没人发现吗，你不穿，也一定没人发现，别人以为你还是石膏模特哩，但你又是个真人，身材好看，会吸引更多的人。苏拉这会儿说什么也不同意。但老板娘又许诺给她加钱，在原工资上再翻一番。苏拉经不起钱的诱惑，又同意了。

这样，苏拉便天天光着身子一丝不挂地站在店里。

这家时装店的生意更好了。无数的人到店里来看，他们尽管觉得看见的是一个石膏模特，但觉得这石膏模特的身材比真人还好看。这些进店的人不好意思专门来看光着身子的苏拉，他们要找些借口，这借口，就是买衣服。买衣服成了大家的借口，这家时装衣店的生意怎么不会好。

只苦了苏拉，她其实很不情愿，但为了钱，她又不得不这样做。

一天，一个大人牵了一个五六岁的孩子进店了。孩子一只手被大人拉着，另一只手却捏着一块碎了的瓷片。孩子用瓷片这里划划那里划划，孩子进店后，伸手就在苏拉腿上划了一下。

立即，苏拉腿上流血了。

孩子见苏拉腿上流出血来，就歪着头看着大人说："妈妈，这模特腿上怎么会流血呀。"

这问题，连大人都回答不出来。

123

鼠

过后,老张不再出来卖老鼠笼了,他天天坐在家门口,看着来来去去的人发呆。

老张卖老鼠笼子。

老张的老鼠笼子是自己做的,用铁丝做成的,大小跟两块叠在一起的砖差不多。老鼠笼里有机关,里面一根铁丝上钩着肉,老鼠进去了,才咬住肉,门就关了,怎么也出不来。

早些年生意好,每天都有很多人来买老鼠笼。他们都找到老张家门口来,见了老张,总问:"老鼠笼几多钱一只?"

"两块一只。"老张坐在门口做老鼠笼,头也不抬。

老张住在十字街上,门口人来人往,张老一天做到晚,也不够卖。

后来情况变了。

也不知从哪天开始,来买老张老鼠笼的人少了。老张做好一只老鼠笼,放在门口的摊子上。有一天,老张忽然发现,摊子上的老鼠笼越堆越高了。看着那么多老鼠笼,老张手脚慢起来。门口照样人来人往,但却少有人来买他的老鼠笼。

再后来，买的人更少了，有时候一天到晚一只也卖不出去。

老张不再做老鼠笼了，只坐在门口，看着堆在摊子上的老鼠笼发呆。

没人买老鼠笼，老张的生计都成了问题了。没法，老张只好每天提三五只老鼠笼在手里，走街串巷去推销。老张总是边走边喊："老鼠笼，老鼠笼……"

但还是没有人买，老张一天走到晚，走得满脸倦色筋疲力尽，但还是卖不出几只老鼠笼。

一天老张又在街上走着，一个人神经兮兮地走过来。这人一口外地人的口音，他跟老张说："你这耗子笼不好卖吧？"

老张点头。

那人说："你知道怎么不好卖吗？"

老张摇头。

那人说："告诉你吧，现在的人不在乎那些小耗子了，只恨那些大耗子。"

老张听不明白。

那人白了老张一眼，又说："这都不明白，大耗子就是那些贪官污吏呀，他们吃喝玩乐，耗子一样把好多单位蛀空了，弄得大家发不出工资，工资都发不出，谁愿花两块钱来买你的耗子笼。"

老张点点头，明白了。

过后，老张不再出来卖老鼠笼了，他天天坐在家门口，看着来来去去的人发呆。

这以后不久，一个开发商在十字街搞开发盖商品房，把十字街的旧房子全拆了。老张住在十字街，他的房子也被拆了。但开发商不敢白拆，他拆了老张多少房，还多少房。老张在开发商把房子盖起来后，住进了三楼一套新房。

这儿地段好，有一个在下面当县长的，也在这里买了一套。而且就买在老张楼上。

这以后，老张总看见一些大腹便便红光满面的人提着东西来找那位县长。这些人常常出现错觉，上了三楼，就以为是县长家了，总在这儿敲门，如果门是开的，便直接进去。但这是老张家，老张看见那些人进来，总

125

荡不起来的秋千

是很生气。老张平时不大生气,除了看见老鼠,才来气。这样老张在生气时眼里就出现幻觉了,觉得这些人也是一只只老鼠。

看见这些老鼠,老张手痒起来,又做了一只老鼠笼子。

一天,一个大腹便便的人来找县长。这人见老张门开着,以为是三楼县长家,一脚走了进去。但进去后,门关了。这人再看,四面墙上画着粗大的铁丝,网一样。这人怎么看,怎么觉得自己走进了一只笼子里。这人害怕了,慌忙往门口退,要出去。但门口真是一扇铁丝门,这人怎么也出不去。这人更害怕了,大声喊起来:"这是什么地方呀?"

老张的声音:"这是老鼠笼子里。"

这人说:"我怎么会到这地方呀?"

老张的声音:"因为你是一只老鼠呀。"

这人说:"放我出去。"

老张就放这人出去,但在开门时,他会说:"你要当心呀,是老鼠,总会被笼子罩住的。"

这样的事经常发生,那些提着东西的人,总会走进老张的屋里。进去了,他们真有被笼子罩着的感觉,然后他们会大喊:"这是什么地方呀?"

老张答:"这是老鼠笼子里。"又叫:"我怎么会到这里呀?"

答:"因为你是老鼠呀。"

说过,老张会开了门,放人家出去,但老张还是会说:"你当心,是老鼠,总会被笼子罩住的。"

一天,县长喝了酒,醉醺醺地走了回来。但上了三楼,他就以为是自己的家了,走了进去。进去了,县长便看见四面全是铁丝网,他好像罩在一只巨大的笼子里,他有些害怕,大声喊起来:"这是什么地方呀?"

没人回答他。

第 五 辑

乡 村 风 情

老 人 与 树

柿子树听了老人的话，一般不做声，但柿子树会把枝叶摇响，那是柿子树的笑声。

有时候看一棵树，觉得，那树像一个人。

有一棵柿子树，就像一个人。

柿子树像一个老人。

柿子树的皮肤是褐黑色的，枝桠是弯曲的，柿子树给人感觉粗粝而斑驳，像一个老人皱皱巴巴的脸；或者，一个老人皱皱巴巴的脸像斑斑驳驳的柿子树。柿子树在旷野里一站，就站出一树的沧桑。这也像一个老人，老人历尽岁月的磨难，脸上写满了沧桑。

有一个老人，就觉得柿子树是一个人。

老人住在柿子树不远的地方，老人出门，总要往柿子树跟前走过。老人真的把柿子树当一个人了，见了柿子树，老人总说："你也老了。"

老人不仅跟柿子树说这句话，柿子结果的时候，老人说："你还能结果呀。"柿子熟了的时候，老人说："柿子熟了。"柿子落了的时候，老人说："你身上没有柿子了。"柿子树听了老人的话，一般不做声，但柿子树会把枝叶摇响，那是柿子树的笑声。

有时候，柿子树也觉得自己像个人。

有一个女人,牵着一个孩子往树下走过,那是柿子熟透了的时候,孩子见了满树的柿子,就跟女人说:"妈妈,摘柿子给我吃。"

女人说:"别人的柿子树,怎么能摘。"

柿子树听懂了他们的话,柿子树摇摇身子,把两个熟透了的柿子摇落在地。孩子见了,欢天喜地捡起来吃,还说:"妈妈,这柿子真甜。"

柿子树也听懂了这话,它又摇了摇枝叶,仍笑。

有几个孩子,在柿子熟了的时候爬上树去摘柿子。一个孩子,一直往高处爬,但后来孩子一脚踩空,从树上往下跌。柿子树没有袖手旁观,他伸出枝桠托住了孩子。孩子没有掉下去,就说:"幸亏这根枝桠。"

柿子树在心里说:"是我用手托住了你。"

有调皮的孩子,总拉着或扯着柿子树的枝桠,要把柿子树的枝桠折断,但这些孩子往往折不断。孩子折不断,就说:"怎么折不断呀?"

柿子树在心里说:"我怎么会让你把我的手折断呢?"

那个老人,还要往柿子树跟前走过。一天老人要出远门,老人走到柿子树下时,站了下来,然后老人跟柿子树说:"还是你好,可以站在这里不动,我老了,走不动了,真想像你这样站着不动。"

柿子树在心里跟老人说:"我其实想走,不但想走,还想飞哩,不然,我为什么要一个劲地往上长,但我飞不起来,我的根拉着我。"

老人好像听到了柿子的声音,老人说:"不走更好,不像我们,走来走去还不是为了生计,我们人类有一句话是这么说的,天下熙熙,皆为名驱,天下攘攘,皆为利往。你不同,你一直站在这里,任何事情也诱惑不了你,要我们人类能像你这样淡泊就好。"

老人说着,走了。

但老人回来后,却发现柿子树被人砍了。老人失声大叫起来,老人说:"谁砍了你呢,他们为什么要砍了你?"

柿子树在心里说:"我也不知道他们为什么要砍我?"

柿子树又说:"我真不想让人砍呀,我还能结果,结很多很多的果。"

柿子树还说:"可惜我不能走,要我能走,他们就砍不到我了。"

说着,柿子树流泪了。

老人看见柿子树被砍的地方流出了树汁,老人知道那是柿子树在流泪。老人眨眨眼,也流泪了。

荡不起来的秋千

犁 地

老木又"咦"了一声,围着牛转了两圈,跟牛说:"你也会看人打卦吗?"

老木牵了牛出去,老木要去给村长犁地,村长忙,村长也没有牛,村长于是安排老木帮他犁地,年年都这样。

村里很多人看见老木牵牛出门,那些人知道老木去做什么。往年,他们也会跟在老木后面或者去村长家里扛了犁出来,跟老木一起去犁地。但今年没人跟着老木,他们看着老木不怀好意地笑,还说:"老木你去做什么呢?"

老木说:"去帮村长犁地。"

他们说:"村长现在不是村长了,你还帮他犁地,你真是老木。"

老木没做声,只牵着牛往村长地里去。

村长的地离村只有一里多地,老木牵着牛,一会儿就到了。到了村长地里,老木把牛绳往地上一扔,就去找村长了。老木以前也是这样,把牛绳一扔,就去找村长。村长和老木住的远,老木住东头,村长住西头。而村长的地则在北边。老木通常把牛牵到村长地里,再去村

长家扛犁。也是一会儿,到了,老木就看见村长坐在院子里,老木走进去,老木说:"村长,我来帮你犁地。"

村长说:"我不是村长了。"

老木说:"你不是村长我也要帮你犁地。"

村长就很感动了,把犁往肩上扛,走出院门往地里去。

老木跟着,跟了一会儿,老木要帮村长扛犁,老木说:"还是我来吧。"

村长说:"还是我扛,我现在不是村长了。"

老木再没说什么了,跟着村长往地里去。

但到了地里,老木没看见牛,老木就觉得奇怪了,老木跟自己说:"牛哩,牛怎么不见了呢?"

村长就很不高兴了,村长说:"老木你骗我,你根本没把牛牵来。"

老木说:"我牵来了。"

村长说:"你牵来了,那牛呢?"

老木也说:"是呀,牛呢?"

村长说:"我说你怎么还有那样好,原来是甩我,你完全是甩我。"

老木说:"不是的,真不是的,我真牵了牛来,我去把牛找来。"

老木说着,走了,找牛去了。

老木很快把牛找到了,牛没去哪儿,走回家了。老木见了牛,有些生气。老木打了牛两鞭子,还说:"你怎么走了呢,你以前不会走呀。"

老木说着,牵了牛绳要拉牛走,但牛不动。老木就咦了一声,老木说:"瘟打的,怎么不动呢?"

老木说着,用起力来,使劲拉,但还是拉不动。老木的牛是一只大公牛,块头很大,力也大,老木根本拉不动它。老木拉不动,就很生气了。用鞭子抽它,边抽边拉,要把牛拉走。但牛还是不动,老木怎么抽,牛也不动。

老木又"咦"了一声,围着牛转了两圈,跟牛说:"你也会看人打卦吗?"说着,老木又去拉牛,但结果还是一样,老木怎么拉,牛还是不动。

最终,老木也没把牛拉到村长地里。这样,老木只好一个人去了村长地里。村长在地里抽烟,老木见了村长,一脸惭愧的样子,老木说:"奇怪,我怎么拉,那牛也不来。"

老木说："真的，那牛怎么也拉不来。"

村长没做声，但村长把烟扔了，然后叹一声，扛着犁走了。

老木没走，老木一直站在那儿，老木看着村长，看着村长慢慢走远，慢慢变小。

老木也叹了一声。

乡下的小飘

小飘这会儿知道那小姐叫自己，小飘脸有些红，低下头走了。

乡下姑娘小飘很像个男孩，小飘头发剪得很短，上身穿的一件衣裳是她哥哥给她的男式衬衣，下面一条不男不女的牛仔裤。这样看起来，小飘就很像个男孩了。一天小飘往一家发廊门口走过，一个坐在门口的按摩小姐就把小飘当成男孩了。按摩小姐盈盈地笑着跟小飘说："先生，进来按摩吧。"

小飘不知道那小姐叫谁，她毫无反应。

小姐却不屈不挠，又说："先生，进来按摩吧。"

小飘这会儿知道那小姐叫自己，小飘脸有些红，低下头走了。

这天下午小飘又往那家发廊门口走过，小飘到城里来找事做，但今天一上午她白走了，她没找到合适的事做。这样，小飘又走了回来。那小姐还坐在门口，见了小飘，又说："先生，进来按摩吧。"

小飘这回没低头，小飘看了看那小姐。小飘看见那小姐跟自己差不多大，身上穿着一件又短又旧还褪了色的小褂子，下面穿着一条邋里邋遢皱皱巴巴的牛仔

裤,脚上是一双灰不溜秋的烂凉鞋。这样子,让小飘觉得这小姐很寒酸,小飘甚至想到了丑小鸭这个词。这小姐也是刚从乡下来的吧,小飘跟自己说,从发廊门口走过去。

小飘也记住了这个姑娘。

小飘住的地方离发廊不远,她每天都要往发廊门口走过。这样,小飘每天都看得见那小姐。

小飘看见那小姐每天都在变。

第一天,小姐换了身上那件又短又旧还褪了色的小褂子。

第二天,小姐不再穿那条邋里邋遢皱皱巴巴的牛仔裤了。

每三天,小姐脚下那双灰不溜秋的凉鞋不见了。

第四天,小姐头发染了。

第五天,小姐耳朵上挂着亮晶晶的耳坠子。

刘国芳哲理小说

134

小姐变了,变得一天比一天好看。但小飘却没变,小飘还是穿那件男式衬衣,那件不男不女的牛仔裤。小飘现在不再觉得小姐是丑小鸭了,而觉得自己是一只丑小鸭。小飘走到发廊门口,看见那个小姐,小飘会有一种自惭形秽的感觉。

小飘当然也想变。

但小飘没办法让自己变,小飘每天都在街上找事做,也找到过事做,比如有一天一家鞋店要招营业员,小飘去应聘了,但才做了两天,小飘就被人家解雇了,人家说小飘做生意不活,很呆板。小飘又去过一家餐馆做店员,但也只做了三天,那餐馆就因乱泼污水被环卫部门查封了,小飘再次无事可做了。小飘还去一户人家做保姆,帮那人家带小孩。那人家条件很好,同意每个月给小飘300块钱,还包吃。但那小孩却天生的怕小飘,什么时候小飘抱着那小孩,那小孩都哇哇地哭,怎么也哄不住。这样,小飘就被人家辞了,小飘又没有事做了。没事做,小飘就赚不到钱,没钱,小飘就还是那个样子,身上整天穿一件男式衬衣,一条不男不女的牛仔裤。这样子和那小姐比,相差太远了。

小飘还要出来找事做,她要出来,就得往那发廊门口走过,她要往发廊门口走过,就看得到那小姐,她看见那小姐还在变。一天小飘看见她脖子上挂了根项链,白金的,银光闪闪,把小姐的脖子衬得非常好看。又一

天，小飘看见小姐手里玩着一只手机，白白的翻盖手机，小巧精致，很好看。还有一次，小飘看见小姐骑着一辆摩托。这次不是在发廊门口看见小姐，而是在街上，但小飘还是一眼就认出她来。骑在摩托上，小姐显得更好看了，很时尚的样子。

小飘一双眼睛一直盯着小姐看。

小飘后来又找了份事做，就是在街上卖熟玉米。小飘买了一只炉子，一口锅，再买了玉米来，然后在街边把玉米煮熟来，卖给人家，一块钱一个。小飘在乡下时，家里就栽玉米，小飘现在煮着玉米，闻着玉米的清香，小飘觉得很亲切。街上人平时吃不到玉米，看见小飘卖，便来买。有人买，生意便好，小飘一天能赚好几十块钱。

小飘希望这事能一直做下去。

但小飘还没卖三天，她的玉米摊子就被城管和卫生部门的人用脚踢了。城管的人不允许小飘在街上卖玉米，他们一伙人跑过来，一脚就把小飘的炉子踢倒了，结果玉米泼得满地都是，锅也烂了。

小飘伤心地哭了。

小飘这天往回走时，又路过了那家发廊。那小姐还坐在门口，她早认出小飘不是男人而是个女孩子，她不会再说先生进来按摩吧。但她不说，小飘说，小飘看着小姐，问她说："你们发廊还要人吗？"

一个声音从小姐身后越过来，那是老板娘的声音，她说："要人，你来吗？"

小飘点点头，走了进去。

过后，小飘也坐在发廊门口了，有男人走过来，小飘便喊："先生，进来按摩吧？"

小　名

乡长说:"小卵
是谁，小卵就是你
呀,怎么连自己小名
都忘了。"

当了村长后,村长就变成另一个人了,走出来板着
一张脸,严肃得很。以前,没当村长时,村长不是这个样
子,走出来总是跟人打招呼。村长有个小名,以前很多
人都会喊,村长也不生气。但现在,没人敢喊村长的小
名了。见了村长,大家都毕恭毕敬地站下来,然后喊一
声村长。

现在村长就走了出来。

村里有人见了村长,都打着招呼,都说村长早呀,
又说村长吃了吗,还说村长去忙呀。村长今天兴致很
好,不时地回答一声,还点着头。不一会儿,村长看见三
个人了。这三个人,一个叫狗蛋,一个叫毛崽,一个叫细
木。三个人背对着村长在说话,所以没看到村长,也没
跟村长打招呼。村长走近了,听到狗蛋说:"妈的,那小
卵真不是东西,他身体不好,要吃狗,也不打声招呼,就
把我家里那只黑狗打了。"接着毛崽说话了,毛崽说:
"你只是一只狗被打了,我家栽的西瓜,小卵什么时候
想吃,就去摘,专拣大的摘,真是岂有此理。"细木最后

说话,他说:"你们算什么,小卵只打了你们一只狗,摘了几只西瓜,我他妈的老婆都被他小卵睡了。现在,村里人谁不晓得我是活乌龟。"村长听到这里就很生气了,村长骂起人来,村长说:"妈的,小卵是谁,敢这么大胆。"

三个人听到村长在身后,慌忙转过身来,都吓坏了的样子。

村长仍问着说:"小卵是谁,他敢在我村乱来,我把他送派出所。"

但三个人没说,三个人只跟村长打了声招呼,走了。

村长喊住他们,村长说:"走做什么,告诉我小卵是谁,我去找他。"

三个人不见人影了。

这三个人虽然走了,但村长已经记住小卵了。村长继续在村里走着。很快,村长看见一个人了,村长喊住他说:"你停下,我有话问你。"

来人就停下了。

村长说:"小卵是谁?"

村长又说:"这小卵太不像话了,他竟敢无缘无故打狗蛋的狗,摘毛崽地里的西瓜,还睡人家细木的老婆。"

村长还说:"在我村里,还有人敢这样目无王法,我绝不饶他。"

村长最后说:"你告诉我小卵是谁,我现在就把他送派出所。"

来人听了,呆了好一阵儿,然后摇摇头,走了。

村长仍在村里走着。不一会儿,村长又看见一个人了,村长也喊住他,村长说:"你停下,我有话问你。"

来人就停下了。

村长说:"小卵是谁?"

村长又说:"这小卵太不像话了,他竟敢无缘无故打狗蛋的狗,摘毛崽地里的西瓜,还睡人家细木的老婆。"

村长还说:"在我村里,还有人敢这样目无王法,我绝不饶他。"

村长最后说:"你告诉我小卵是谁,我现在就把他送派出所。"

让村长意外的是,这个人呆了一会儿,也摇了摇头,走了。

不一会儿,村长再看见一个人。

这人是村里的会计,也可以说是村长的亲信。村长喊住他,同样问着他说:"你停下,我有话问你。"

会计就停下了。

村长说："小卵是谁？"

村长又说："这小卵太不像话了，他竟敢无缘无故打狗蛋的狗，摘毛崽地里的西瓜，还睡人家细木的老婆。"

村长还说："在我村里，还有人敢这样目无王法，我绝不饶他。"

村长最后说："你告诉我小卵是谁，我现在就把他送派出所。"

会计也呆着，不说话。村长就催他，跟他说："说呀，我们之间，你还有什么顾忌。"

会计还是没开口，正尴尬时，会计忽然看见几个人走了过来，会计于是指了指来人，跟村长说："村长你看，乡长来了。"

村长回头一看，乡长已经走近了，乡长见了村长，跟他说："小卵呀，我们去李村，往你们村经过。"

村长就呆起来，呆了一会儿，村长问："小卵，小卵是谁？"

乡长说："小卵是谁，小卵就是你呀，怎么连自己小名都忘了。"

锄　草

原来李雷把丈夫等腐败分子比作草，要锄掉他们。

　　那天，我在花生地里锄草。一个男人走了来，我其实在县里见过这个男人，但当时，我却没把他认出来。男人大概走累了，在我地边歇着，见我锄草，他走了过来，跟我说这地里的草是要锄了，再长，这地里的花生就长不好了。男人这样说，我就有些难受了。如果丈夫在，我也不会让地里长这么长的草。丈夫在一个镇里当镇长，上面的人说他行贿受贿，把他抓走了。丈夫一走，我就没心思做事了。丈夫看起来很好的一个人，却在外面做了许多坏事，让我想不通也让我难受。男人见我难受的样子，就说我说错了什么吗？我摇摇头，说不关你的事。男人不再说什么了，只在边上看着我做事。看了一会儿，男人走了过来，跟我说我闲着也是闲着，我帮你锄吧。说着，过来拿我手里的锄头。那时候是半下午了，我做了一天，很累了，就把锄头给了男人。

　　我对这个陌生的男人是怀有戒心的，我不知道男人为什么要帮我。但我看得出，男人不像个坏人，男人一直低着头锄草，我不跟他说话，他头都不抬。我也是

个不喜欢说话的人,这样,我们总共才说了这样几句话:

"你好像城里人。"

"我是城里人。"

"但你农活做得很熟练。"

"我是农村长大的。"

这天,男人一锄就是两个多小时,锄了一大片,到天擦黑时,才走了。

让我没想到的是,第二天,男人又来了。

男人还是那时候来,来了就说我今天继续帮你锄吧。我说怎么好意思呢。男人说这有什么关系,闲着也是闲着。说着,过来拿过我手里的锄头。

现在,我对男人没有戒心了,我在边上一边用手拔着草,一边跟男人说着话,我说:"看你的穿戴,你是个干部吧。"

男人点点头。

我又说:"你这是要去哪个村呢?"

男人说:"我在前面那个村蹲点。"

我一时不知道问什么了,我不问,男人也不做声,仍那样默默地锄着。

这天,男人一锄也是两个多小时,又锄了一大片,也在天黑时走了。

第三天,男人还是来了。我这时觉得男人有些面熟,但想不起到底在哪儿见过他。男人走近后跟我说还有今天一下午,这些地就能锄完了。说着,男人过来拿过我手里的锄头,锄起来。

我就有些感动了,男人是个干部,却一连三天帮我锄草。这样的干部,现在真是很少见了。这样想着,我跟男人说:"我真不知道怎样来谢谢你。"

男人说:"不要谢,是我自己喜欢锄,不知为什么,我一看见地里有草,手就发痒。"

我说:"大概是你以前锄惯了吧。"

男人说:"大概是吧。"

我说:"现在像你这样的干部真不多了,现在风气不好,一些干部只晓得吃喝玩乐,贪污腐化。"

男人说："好干部还是大多数，但也有少数干部变坏了，就像这花生地里，有花生也有草，这些草不多，但不锄了，花生就长不好。"

我觉得男人说得有理，点点头。

这天天黑，我地里的草全锄好了。男人把锄头还给我，然后又走了。但男人才走了几步，我喊住了他。我没有别的想法，只觉得男人帮我做了几天事，我起码应该知道他是谁，于是我问起男人来，我说："能告诉我你叫什么吗？"

男人说："我叫李雷。"

说着，男人走了。

我在男人走后很吃惊了，李雷，他不是县长吗。难怪我觉得他面熟，我以前在县里见过他。不仅如此，我丈夫进去之前常说到他。起先，还说他是个好县长，但后来，丈夫说到他就脸色难看了。有一天还说这李雷居然把我们这些人说成草，要锄掉我们这些草。我看他怎么锄，我们也不是吃素的。开始，我不明白丈夫这话什么意思，后来明白了。原来李雷把丈夫等腐败分子比作草，要锄掉他们。

两天后我去见了一回丈夫，见了后我告诉丈夫，我说那个李雷真是个好县长，几天前还来帮我锄了三天草。丈夫听了，非常吃惊，问我说什么时候。我说前天呀。丈夫立即说不可能，绝对不可能。我说真的，千真万确。丈夫说什么千真万确，我进来前几天李雷就被人杀死了，你怎么见得到他呢，你见了鬼差不多。

丈夫的话虽然让我很吃惊，但我坚信我见到的不是鬼，我说大白天的，哪有鬼，那个李雷绝对不是鬼。

丈夫说他不是鬼，是什么？

我说这个人也叫李雷吧。

丈夫说还有这样的事，那个喜欢锄草的李雷死了，冒出来的这个李雷居然又喜欢锄草？

荡不起来的秋千

一 块 石 头

有人说像菩萨。
这话一说，大家就屏
声敛气了，只点头。

刘国芳哲理小说

142

村外的路边有一棵树，树下有一块石。

一块埋在地下的石，早先，可能是一块界石。石不大，一尺见方，离地，差不多也是一尺高。

一块这样的石，倒方便了村里人。村里人往树下走过，总有人在石上坐坐。很多时候，树下歇着一伙人，但人再多，也只能有一个人坐在石上。其他人，围着那个坐着的人或蹲或站，一起谈古论今。有时候，石还可派些别的用场，有从田里上来的人，鞋上粘了泥巴，便脱下鞋，在石上磕，把鞋上的泥巴磕下来。也有人不脱鞋，只把脚往石上擦，将泥巴擦掉。甚至有人踩了屎，也往石上擦。也有人把锄头往石上砸，磕锄头上的泥巴。一次，一个人用力太大，竟把石头一只角砸裂了。还有人，拿了柴刀去砍柴，走到树下，拿了刀背在石上用力地砍几下。一块石，这样让人磕让人砸让人砍，就伤痕累累了。但村里没人在意这些，该坐还坐，该砸还砸。

忽然一日来了两个石匠。

两个石匠一个年轻一个年老，显然，年轻的是徒弟

年老的是师傅。两个人要去前面山上一个采石场做事,有人请他们去凿石人石马。到树下时,他们可能累了,歇了下来。树下有一块石,年老的一屁股坐在石上。年轻的,则坐在地下。坐了一小会儿,年老的起身去方便。年轻的在年老的起身后看着那石,这年轻人才学徒不久,见了石就手痒,他当即拿出锤子凿子凿起那块石来。

年老的方便后没再坐下来,他站在年轻人边上,看着他凿,还不时地指点一二。

凿了大约一个小时,年老的喊年轻人走,年轻人有点儿不愿意,但还是收了工具,跟了年老的走。

村里一个人不久往树下来,近了,忽然看见那石变了样。那石,像个人了,有鼻子有眼还有嘴巴,当然,很模糊。这人很吃惊了,跑村里叫起来。很快,很多人到树下来了,都看着那石,奇怪地说这石怎么变成一个人呢?答案很容易找,有人说凿的,被人凿成这个样子的。又有人说这石像谁呢?有人说像菩萨。这话一说,大家就屏声敛气了,只点头。

过后,村里人再往树下走过,没有人敢坐在那石上了。偶尔有人忘记了,坐下去,但才坐下就发现不对劲了,于是慌慌地站起来,走开去。有人鞋上粘了泥,不敢再在石上磕了。有个人忘了,磕了一下,到第二下时,这人扬起的鞋不敢磕下去了。不仅如此,这人还用手把石上的泥巴抹了。那些扛了锄头或拿了柴刀往树下走过的人,也不敢用锄头和柴刀在石上砸了,一个人都不敢。

树下冷清了。

忽一日,一个人在石前插了几枝香,放了一挂爆竹,还拜。

又一日,一个人也去插了几枝香……树下香火不断了。

荡不起来的秋千

两颗歪枣

刘国芳哲理小说

144

二木跟小芹商量好了，二木做了屋，小芹就过门。二木就着手做屋了，但二木家的地基小，要把屋做大，就必须砍了三禾家的一棵歪枣树。二木跟三禾不大好，主要是二木嫌三禾身上有股流里流气的味道，不像个正经人，但为了做屋，二木还是去找了三禾。

三禾知道二木来找他做什么，一见了二木，三禾就说："你想砍我那棵枣树，没门。"

二木说："我买下你那棵枣树，行不行？"

三禾说："我不卖。"

二木说："那树也不是什么好树，歪的，结的枣也是歪枣。"

三禾说："这不关你的事，对吧。"

二木只好转身走人了。

但二木走了，又来了，而且来了很多次，每次，二木都说："算我求你，你把枣树卖给我吧，你出个价，只要不太过分，我都依你。"

三禾说："无价。"

二木多碰了几次钉子，脸色就不好看了。小芹和二木是一个村的，小芹当然知道二木碰了钉子，小芹有一天便跟二木说："我去跟三禾说一下吧。"

　　二木说："那种人，你去找他做什么？"

　　小芹说："他还会吃了我呀。"

　　二木就不做声了。

　　小芹于是去找三禾，二木跟着，半路上，小芹跟二木说："你就不要去了吧，三禾不是拒绝了你吗，你去了，当着你的面，三禾怎么好改口呢。"

　　二木觉得有理，站住了，看着小芹走进三禾的家。

　　三禾正在屋里。

　　小芹见了三禾，满脸堆笑，小芹说："你那棵歪枣树，留着也没什么用，砍了，还可值几个钱。"

　　三禾没往这上面接话，三禾看着小芹，一脸馋相，三禾说："小芹你真漂亮哩。"

　　三禾说："谁见了你都会喜欢。"

　　三禾说："便宜了二木那小子。"

　　小芹还笑着，小芹说："你开个价吧，你那棵树真没什么用，卖几个钱，有什么不好哩。"

　　三禾真是一个流里流气的人，他这回接话了，三禾说："我绝对不会把树卖给你，但你如果跟我好一回，我就砍了那棵树。"

　　小芹没想到三禾会说出这样的话来，小芹一时不知道说什么好，只看着三禾。

　　三禾见小芹没做声，就色胆包天了，小芹就在他跟前，他一伸手，抱住了小芹，还用手在小芹胸前乱摸。

　　小芹便狠狠地推开了三禾，还啪的一下扇了三禾一个耳光。小芹一脸的气愤，小芹说："三禾你非礼我，你找死呀。"

　　小芹又说："我马上跟我三个哥哥说，看他们怎么收拾你。"

　　小芹还说："二木家也是三兄弟，我等下也告诉他，说你非礼我，他们非扒了你的皮不可。"

　　三禾挨了打，又听小芹说了这些，就知道这事弄出去麻烦，三禾捂着

脸说:"我一时冲动,求你千万莫说出去。"

小芹说:"要我不说出去也行,那你把那棵枣树砍了。"

三禾说:"枣树上还结着枣哩。"

小芹说:"几颗歪枣,有什么好可惜的。"

三禾说:"等半个月后枣熟了,再砍,可以么?"

小芹点了点头,小芹说:"好吧,你既然同意了砍树,我就不说出去了。"

小芹说着,转身要走,但三禾喊住了她,三禾说:"你真的不能说出去,跟二木也不要说。"

小芹点着头,走了。

二木还在远处等着,小芹走过去,跟二木说:"三禾同意砍树了,等枣熟了,摘了枣,他就砍。"

二木说:"三禾要多少钱?"

小芹说:"不要钱。"

二木说:"不要钱他怎么会砍树?"

小芹说:"我也不知道,反正他同意砍树。"

二木说:"哪里会这么简单?"

小芹说:"就这么简单。"

二木不相信事情会这么简单,二木后来每次见了小芹,都问:"你用什么方法说服了三禾呢?"

小芹说:"没用什么方法。"

二木对小芹的回答很不满意,二木说:"三禾不可能会轻易地同意砍树,你一定用了什么方法,你怎么不告诉我呢?"

小芹说:"你要我告诉你什么?"

小芹这样回答,二木就想得很多了,二木是个有想法就会说出来的人,一天二木说:"三禾是个二流子。"

二木说:"我听人说,村里那个小桃,有一天去三禾屋里找三禾,三禾就非礼了她。"

小芹说:"你说这些做什么?"

二木就闭嘴了,但过了一天,二木说:"三禾这人色胆包天。"

二木说:"色胆包天的人什么都敢做。"

小芹说:"你这人烦不烦呀。"

二木又闭嘴了,但再见了小芹,他还是闭不住嘴,二木说:"我想过了,你和三禾之间肯定有什么交易,要不,他不会轻而易举地答应把树砍了。"

二木说:"三禾那么好色,你是不是和他上——"

小芹很生气了,小芹说:"你混蛋——"

二木仍不罢休,二木说:"你发什么火,我还没发火哩,你不明明白白把你和三禾之间的勾当说清楚,我们就拉倒。"

小芹脸就气白了,小芹说:"二木王八蛋,我总算看清你了。"

说着,小芹走了。

三禾树上的枣终于熟了,三禾这天去打了枣,然后拿了刀要砍树,但这时小芹走了过来,小芹说:"你这树不用砍了。"

荡
不
起
来
的
秋
千

又 见 麦 子

麦子从小就漂亮,村里村外的人都说过麦子漂亮。麦子最喜欢听人家说她漂亮,麦子一听人家说她漂亮,就盈盈地笑。女孩子一笑,更漂亮了。

为此麦子经常笑着。

但有一天麦子没笑。

这是一个闷热的中午,麦子放学回家。走着走着,麦子停下来了。麦子看着路边一个人,一个女人,一个跪在田里耘禾的女人。女人头上戴着一顶黑黑的草帽,草帽的檐都耷了下来,遮住了女人的大半张脸。但麦子还是看得出女人一张脸黑黑的,跟草帽一样黑,甚至比草帽还黑。女人身上的衣服也黑不溜秋的,旧得已经看不出原来的颜色了,能看得出的,是洗薄了的衣服里女人瘦瘦黑黑的身子。

麦子觉得那是她自己。

准确地说,麦子觉得以后的自己,就是这样子。为此,麦子笑不出来了。随后,麦子在回家的路上,还看到很多这样跪在田里耘禾的女人,戴一顶黑黑的草帽,而

脸比草帽还黑,身上的衣服又旧又脏,洗薄了的衣服里是一个黑黑瘦瘦的身体。后来,麦子就看见自己母亲了。麦子看见,母亲也是这个样子。麦子于是在母亲跟前发呆起来,想到自己以后也是这个样子,麦子心里很难受。

这天麦子在母亲跟前呆了很久,母亲见了,就说:"你呆在这儿做什么,回家呀。"

麦子说:"我们一辈子都得做这样的事吗?"

母亲说:"乡下女人,不做这些做什么呢?"

麦子说:"我不想做。"

母亲说:"你怎么会有这古怪的想法呢?"

这年,麦子13岁。13岁的麦子在第二天想明白了,要好好读书,以后考进城里的高中,然后考上大学。读了大学,就不会是这个样子了。

但遗憾,麦子虽然这样想了,但她并没有考取高中。麦子努力过,但麦子那个乡下学校很少有人考取高中,麦子只好跟大多数学生一样,背着书包回家了。

回家后,麦子天天看见那些跪在田里耘禾的女人,麦子现在觉得,她就是那些女人了。麦子是极不愿变成那些女人的,为此,麦子有一天要去城里了。麦子收拾了行李,往外走。村里人见了,问着麦子说:"麦子,你要去哪里呀?"

麦子没回答人家,只说:"我真的很漂亮吗?"

"真的很漂亮。"人家回答她。

麦子笑了,然后走了。

麦子去了城里了。

麦子真的很漂亮,麦子一到劳务市场,就被人家看中了。一个老板来招人,一眼就看中了麦子,她跟麦子说你跟我走吧。麦子就跟了老板去。那是一家像模像样的公司,老板让麦子做秘书。麦子说我不会呀。老板说我教你。然后,麦子领教了老板怎样教她,老板不时地捏着麦子的手,教麦子打字。到这天傍晚,老板的手像猴子爬树一样,就顺着麦子的手爬到麦子身上了。麦子很气愤,打掉了老板的手,然后拿起东西走人。老板拦住麦子,老板说只要麦子跟他好,他每月给麦子5000块钱。麦子说我不要你的臭钱。说着麦子走了。随后,麦子跟人家做了保姆,帮人家带孩子,一个月 300 块钱。但一天麦子不小心,让那孩子从楼梯上摔了下来。那家人说麦子心粗,把麦子辞了。接着,麦子去了一家商店做营业员,这回做了一个多月,但后来麦子还是没做下去。这一个多月,麦子只拿到 300 块钱,麦子觉得根本不够。后来,麦子看到一家纺织厂招工,麦子又去了,但这回人家没要麦子。人家说你这样漂亮,怎能做得这种吃苦耐劳的事。麦子说做得。但人家不相信她,还是没要她。

有好几天,麦子没找到事做,那些天麦子便在街上走来走去,要找事做。一天走到一家发廊门口,里面一个人招手让她进去。麦子就进去了。招手的是老板娘,她让麦子在店里帮人洗头。麦子没事做,便同意了。不一会儿,就有一个人进来。麦子以为他要洗头,但那人不洗,只说按摩。麦子便跟那人进去。才进去,那人就抱着麦子,吓得麦子赶紧跑出了店。一天又走到一家发廊门口,一个老板娘也招手让麦子进去。麦子没有进去。那老板娘见麦子没进去,自己走了出来,老板娘跟麦子说你这样漂亮,在我们这里一定赚得到很多钱。

麦子没睬她,走了。

麦子后来还找了很多事做,但麦子都没做下去。麦子不会电脑,也没有特长,赚不到很多钱。在一些小店站柜台,工资很底,吃住都不够。一天在街上逛着,麦子又看见那个老板。那老板对麦子还那样兴趣盎然,跟麦子说:"还是跟我走吧,每个月 5000 块,也只有我才舍得。"

麦子便跟那老板走了。

麦子一下子就有钱了,她真不要戴顶旧草帽跪在田里耘禾了。

后来的一天,麦子回了一次家。麦子是坐着小车回去的,看着离村近了,麦子下了车,往村里走。走了不远,麦子忽然听到一个声音喊道:"麦子——"

麦子刚想应声,但一个声音已脆脆地应了起来:"哎——"

一个在田里耘禾的女人应的声,麦子看着女人,问她:"你是谁?"

回答:"我是麦子。"

麦子就呆了,呆着时麦子说:"你是麦子,你怎么会是麦子呢,你是麦子,那我是谁?"

女人听了,忽地一声笑了,女人说:"你这人真有意思,连自己是谁都不知道。"

刘国芳哲理小说

山里女孩

父母说:"你哥哥娶了二呆妹妹,你怎么可以不嫁二呆呢?"

小麦快要到 18 岁了,但小麦很怕到 18 岁,到了 18 岁,小麦就要嫁给二呆。二呆是个半乖半傻的人,走路歪歪倒倒,看人时歪着头,一溜涎水整天在嘴角闪闪亮亮。都 22 岁的人了,还不认得汽车,见了汽车开来,便抓了泥巴去追。有一次坐了汽车去广昌县城,下了车就在街上撒尿。这样一个呆子,小麦就要嫁给他。双方的大人商定好了,小麦一过 18 岁,就嫁给他,为此,小麦愁死了。

二呆虽然傻,但还知道小麦要嫁给他。二呆总过来,歪着个脑袋看着小麦笑,"嘿,嘿嘿,嘿嘿嘿……"笑着时,口水就从嘴角流了出来。小麦看了恶心,便跟父母说:"我不会嫁给这样的人。"

父母说:"你哥哥娶了二呆妹妹,你怎么可以不嫁二呆呢?"

小麦说:"我哥哥不傻,他二呆傻,你们怎么忍心把我嫁给一个傻子。"

父母说:"傻子也要嫁,不是二呆妹妹嫁给你哥,你哥这辈子就娶不到老婆了。"

小麦就没什么好说了，小麦闷闷地叹一声，苦着脸走出去。

小麦会往票外去，票外，有一条乡村公路。中午的时候，有一辆车从县城开来，有时候这车会停一停，放下一两个人，就走了。但不要多久，这车又回来了，返回县城去。小麦不高兴时，就坐在路边。看见汽车来了，小麦就想上去，坐了车去广昌县城或比广昌更远的抚州市，但小麦只是这样想，小麦一直没有行动。

一天小麦又不高兴了，小麦坐在路边发呆。不一会儿，县城的车开来了，从车上下来两个人，一男一女，一看就是城里人。那男的胸前还挂着照相机，下车后他走近了小麦，问着小麦说："请问去血木岭怎么走？"

小麦知道血木岭是哪儿，那是抚河的源头，常有人去那个地方，也带着相机，小麦为好几个人带过路。现在，又有人这样问小麦，小麦就热心起来，小麦告诉他们说："往这边翻山上去，走五六里路，就到了。"

那女的这时也走了过来，女的说："那么远呀，会不会迷路。"

男的看看女的，笑着说："就打退堂鼓呀。"

女的说："才不呢，我怕迷路。"说着，女的看了看小麦，跟小麦说："我想请你帮我们带个路。可以吗？"

小麦点点头。

小麦就带着他们上山了，小麦开始还有些不高兴，但跟他们在一起，小麦就开心起来。他们拿着照相机这里照照那里照照，还跟小麦照了好几张。照着相时，他们说小麦长得很好看。尤其是那女的，她好像很喜欢小麦，每次跟小麦照相，她都要跟小麦摆姿势，在照一张相时，女的让小麦一只手握着辫子，一只手捏着一朵小花。把像照过，女的还问小麦说："你读了书吗？"

小麦说："都初中毕业了。"

女的说："没继续读呀？"

小麦说："没考取高中。"

女的说："以后有什么打算呢，难道要一辈子待在山里。"

小麦说："我也不知道去哪里。"

女的说："你去抚州吧，抚州这几年发展很快，到处要人做事。"

小麦心动了，小麦说："真的吗？"

这回男的女的一起说："真的。"

这后来的一天，小麦真去了抚州。小麦离18岁越来越近，家里都在为她忙嫁妆了，小麦跟大人说："你们不要忙，我不会嫁给二呆的。"大人黑着脸，凶巴巴地说："不嫁也得嫁。"小麦知道无法扭转了，就在一个下午悄悄上车走了。天晚了，大人才知道小麦走了，但他们找不到小麦了，只找到小麦留下的纸条。小麦在纸条上说她坚决不嫁给二呆，她去城里打工了。小麦像她说的那样，真去了城里，她先到了广昌，然后转车去了抚州。在抚州，小麦先做了三个月的保姆。三个月后，小麦去了一家纺织厂。抚州很多纺织厂，都在招工，小麦很轻易就进去了。在这儿，小麦有工资拿，有房子住，小麦觉得很开心。

小麦的大人当然找过小麦，包括二呆的父母，也到处找小麦。小麦走了，二呆就找不到老婆了，所以他们比小麦父母还急。他们到处找小麦，先到广昌找，还到抚州找，但他们没有找到小麦，好久好久，有两年了，也没找到小麦。

但有一回小麦差点儿被他们找到了。

这天小麦在抚州街上走，迎面碰上了二呆的父母。二呆的父母看见了小麦，但小麦在城里呆了两年了，人变了，变得更漂亮更洋气了。二呆的父母虽然看见了小麦，但他们已经认不出小麦了，他们只觉得这个人有点儿眼熟，但不敢想她就是小麦。小麦当然认得他们，小麦很害怕。但虚惊一场，他们从小麦跟前擦身而过了。

后来的一天，抚州城里举办了一个摄影展，里面有一幅小麦的照片，就是那次小麦为人家带路，他们为小麦照的。照片上的小麦一只手握着长长的辫子，另一只手捏着一朵小花。照片下面有名字，叫《山里女孩》。影展就办在小麦纺织厂对面，小麦和几个同事去看了，也看见了那幅照片。但小麦没认出照片里那个女孩就是自己。同事倒觉得小麦有点儿像照片里那个女孩，还说："小麦，照片里那个女孩很像你。"

小麦摇摇头，小麦说："怎么会呢？"

后来，二呆的父母也来了。他们村小有个老师到抚州看了一次影展，认出了小麦，回去后告诉了二呆的父母，他们就来了。一进来，他们就认

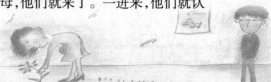

出了小麦,于是他们把照片夺了下来,然后捧着照片气冲冲地找到影展有关人员说:"你们把小麦藏到哪里去了。"

这话让人听的莫名其妙。

第 六 辑

机 关 轶 事

机　关

我这时也注意起这人来,我瞥了他一眼,忽然看见他是谁了。

　　我去找一个叫马东的朋友,他在一个机关工作。到那机关时,我看见门口一动不动站了一个人。我走近这人,准备接受他的盘查,但这个人看都没看我一眼,仍那样一动不动地站着。我从他身边走过去,然后回了一下头,我觉得他像商店门口的模特,不像个人。

　　很快我走近了一幢大楼,在一间开着的办公室门口,我停住了。里面坐了个女人,在看报。我咳了一声,开口问起他来,我说我找马东。女人没看我,只朝她旁边的一张桌子努努嘴。我走近那张桌子,立即,我看见马东在朝我笑,当然,那是照片上的马东。

　　我在马东桌前坐下来。

　　不一会儿来了一个人,过一会儿,又来了一个人。他们是两个男人,各自在桌前坐下后,他们拿起报纸看起来。先前那个女人,这时倒出去了,但不是空手出去,而是拿了暖瓶出去打开水。一会儿后,女人打了水来。她先给自己倒了杯开水,然后说沈南你喝水吧,杨西你喝不喝。两个都说谢谢。那女的便给他们倒了开水。倒

过后女的又说马东你呢。我在女的说过后,到处看,但我没看见马东,倒看见女的把我桌上的杯子倒满了。我有点儿不好意思,也说谢谢。

接下来很长时间几个人没说一句话,我瞟了瞟他们,看见几个人都在认真看报纸,不时地有哗哗地翻动报纸的声音,还有喝开水的声音。后来,一个男的开口了,男的说马东你看,报上又登四川挖出一个腐败分子,贪污受贿1000多万。说着,男的走过来,把报纸给我看。另一个男的,在我们看着报纸时开口了,这男的说这世上腐败分子太多了,这个只是倒霉的。那女的也开口了,女的说可以这么说,一些有实权的领导,都是腐败分子。几个人赞同,都说不错,有实权的,都会腐败。我这时叹一声,我说可惜,揪出的腐败分子太少了。那女的这时瞥了我一眼,那女的说看不出马东你还会忧国忧民呀。我说现在这个社会,谁不忧虑。说着摇摇头,又叹一声。

接下来几个人又闷声闷气地看报纸。看了一会儿,一男的走到窗口去,站那儿往外看。看了一会儿,回桌前喝起开水来。另一男的,也往窗前去,往外看。我这时也过去了,站在那男的身边,往外看。我看见门口那人,仍站着,一动不动。我于是看看身边那男的,跟他说门口那人,像不像个木偶。男的还没答话,坐那儿的女的先开了口。女的说他是个哑巴,跟木偶差不多。我说哑巴怎么可以做门卫。女的说怎么不可以,我们头是他侄子。身边这男的,这时开口了,男的说现在就这样,一人当官,鸡犬升天,我们头的事马东你又不是不知道,单位被他弄得乌烟瘴气,连哑巴都可以当门卫。那女的这时也到窗前来了,她接嘴说所以说有实权的官不管大小,都是腐败分子。另一个男的,这时开口了。这男的说打住打住,隔墙有耳。这男的这样说,我身边两个不做声了,只往外看。

不一会儿,看见一辆轿车往外开,女的见了,有些高兴,忙说我们头出去了,我们打牌吧。两个男的立即作出反应,都说打牌打牌。说着一男的去抽屉里拿出扑克来,另一男的把桌子移好。随后,我们坐下,那两个男的打对家,我对女的。打了几手,女的说马东你的水平提高了不少嘛。两男说高个屁,手气好。说着,又抓牌,但女的没抓,而是去倒开水,并为我们一一倒上。倒完,女的看着一个男的,跟他说沈南你不觉得少了些什么吗。那男的说少了什么。女的说你不觉得应该拿点儿橘子瓜子来吗。另

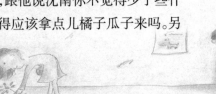

一男说不错，沈南你让小李去拿点儿橘子瓜子来。叫沈南的这个男人说妥吗。话才出口，那女的说怎么不妥，你也是个主任，尽管是个副的，但拿点儿橘子瓜子的权力总有吧。那沈南就说好好，拿点儿橘子瓜子来。说着，小李小李地喊起来。立刻，跑来一个女孩。沈南见了她，跟她说你去楼下小店里拿些橘子瓜子来。女孩说好，转身出去。另一个男的，这时加了一句，男的说再拿一包烟。女孩说好，说着跑了出去。

几个人继续打牌，不一会儿，那女孩拿了橘子瓜子来。女孩还自作主张拿了一包糖子来。女孩说吴兰阿姨我知道你喜欢吃糖。女的满面笑容，迅速拆了包，抓了一把糖塞给女孩。

女孩走后，我们继续打扑克，边打边吃橘子嗑瓜子，还抽烟，烟雾弥漫中，忽然进来了一个人。这人起先没注意他。后来注意上了，于是几个人盯着他看，还说："你找谁？"

我这时也注意起这人来，我瞥了他一眼，忽然看见他是谁了。

他是马东。

在树上跳舞

李军当然不会下来，他会下来，就不是疯子了。

看见一个人在树上跳舞，一个胖子，大腹便便。但这人虽胖，却身手敏捷，他从这根枝桠上跳到那根枝桠上，毫不费力。在一根枝桠上站定，胖子开始跳起来，手舞足蹈，边跳还边唱道：

> 因为追逐了你的追逐
> 所以岁月不回头
> ……

树下挤满了人，都仰着头，看着这个人，还有人问："这人怎么在树上跳舞呀？"

"疯子呗。"好几个人回答。

"这个人怎么疯了呢？"又有人问。

几个人都摇头，回答："不知道。"

我也不明白好好地一个人，怎么会疯了。但我觉得这个人很面熟，好像在哪儿见过。我站在树下想起来，要想出这个人是谁，但白费了心思，我想不起这个人是谁。树下聚的人越来越多,把交通都阻塞了。有民警来了,对着树上喊:"李军,你下来。"

我知道他是谁了,他是李军,我早先的邻居,难怪我觉得面熟。

李军当然不会下来,他会下来,就不是疯子了。他还在树上唱着跳着,从这根枝桠跳到那根枝桠。就有几个民警爬上树去,强行把李军弄了下来。

接着,他们把李军带走了。

李军走了,围观的人也都走了。

我没走,仍站在树下,往树上看,在我眼里,李军还在树上。

真的,李军还在树上。当然,这是年轻的李军,只有十七八岁。

李军家有一棵柚子树,一棵很高的柚子树。一天,一个孩子的气球飞到了树上了,挂在树枝上。这个孩子小,不敢爬树,就站在树下哭。李军走了出来,李军爬了上去,帮孩子把气球拿了下来。一天,又一个孩子爬上树去摘柚子,但孩子上去了,却不敢下来。孩子在树上呜呜地哭着。又是李军,爬上树去把孩子抱了下来,有一天李军不在,一个孩子爬上了树,但不小心跌了下来。李军在后来好长一段时间,都守在树下,不让孩子爬树。柚子熟了的时候,李军有好多天都在树上,摘柚子,摘下的柚子挨家挨户送。我现在还记得,我们街上所有的人都说李军好,大家在吃着李军送来的柚子时,经常这样说:"李军是个好小伙,以后一定会有出息。"

不久,我就从那条街上搬走了,我走的时候,李军又在树上摘柚子,这是我小时候对李军最后的记忆。这以后,我再没见到李军了。

没想到再见到李军,他还在树上,他因为疯了,在树上跳舞。

几天后,我又一次见到李军,他依然在树上。

李军仍在树上唱歌跳舞,从这根枝桠上跳到另一根枝桠上。树下仍然围满了人,都仰着头看他。仍有人问:"这人怎么在树上跳舞呀?"

"疯子呗。"好几个人回答。

"这个人怎么疯了呢?"又有人问。

又有人摇头,但有一个人,没摇头,这人说:"他是个贪官,出事后他就疯了。"

我看着这个人,问道:"你说这李军是个贪官?"

那人点头，跟我说："一个大贪官，你不知道？"

我摇头。

那人说："听人说他在位时买官卖官，谁想当个股级干部，不送个两三万他都不会放过人家，抄家时，在他家抄出了几百万。"

我边上一个人听了，接着说："这人怎么会变呢，听说他以前是一个很好的人。"

这人说着时，忽然听到大家呀呀地叫着，抬头一看，李军爬得更高了，几乎爬到一棵树梢了，压得那树枝一坠一坠的。李军在上面张开手，做着飞翔的动作，同时唱道：

> 我要飞……飞……飞……
>
> 离开这个地球……
>
> 我要飞……飞……飞……
>
> 飞向遥远的星空……

所有的人都听着他唱，鸦雀无声。

荡
不
起
来
的
秋
千

游戏规则

捉迷藏，躲起来；不准喊，不准叫；躲进猪栏里变只猪,躲进狗栏里变只狗。

一个领导去医院看病。见了医生,领导说这些天我总是头晕眼花,手脚无力。医生不认识领导,但看得出来。医生说你是个做领导的吧,你肯定很忙。领导说不错,我是很忙,一天到晚忙得不可开交,晚上回到住处也没有休息,时刻有人来找。医生说你没什么病,但如果你不休息好,就可能累出病来,你应该多休息,我建议你找什么地方玩一玩,彻底放松放松。

领导听从了医生,第二天,他就出去了。当然,领导不是一个人出去,他坐了车出去。这样,跟他出来的,还有司机。

这回领导完全是出来散心,没什么目标,信马由缰。车开了大概一两个小时,领导来到了一个小村子。这村子靠河,河边一棵大樟树,郁郁葱葱,领导觉得这儿很美,停了车。

树下一伙孩子在玩游戏,他们拉着手,一起说道:捉迷藏,躲起来;不准喊,不准叫;躲进猪栏里变只猪,躲进狗栏里变只狗,躲进毛坑里变堆屎。说着,一伙孩

子轰一下跑走了,随后躲了起来,不见踪影。只有一个孩子没躲,闭着眼站那儿。站了一会儿,孩子说开始。说着,跑走了,找那些孩子去了。

孩子们的游戏也有规则,躲好的孩子不准出声,不准喊,不准叫,否则就违规了。有两个孩子躲在厕所里,其中一个孩子发出声音,叫起来。那找人的孩子听了叫声,跑去把两个孩子找了出来。

现在轮着那两个孩子中的一个找大家了,两个孩子要通过锤子剪刀布来决定谁找,但一个孩子不乐意,这孩子说小毛违反游戏规则,他叫出声来,应该小毛找。

一伙孩子赞同,让小毛找。

这个叫小毛的孩子就站在树下,也闭着眼。

游戏重新开始。

领导一直看着那些孩子。

也不知过了多长时间,又开来了几辆小车,这些人是来找领导的。现在通信太发达了,有人要找领导,打一下手机就能知道领导在哪,而且还不需要打领导的手机,打司机的手机就可以。这些人都是打了司机的手机,找来的。他们都有事,但看见领导津津有味地看着孩子玩,他们只好也在边上看。看了好一会儿,一个人看着领导,开口说:"李市长,我们也来返老还童一次吧。"

领导觉得这个建议好,立即说:"对,我们也来玩一次捉迷藏的游戏。"

一伙孩子,那时候都站在树下,听说大人也要玩捉迷藏游戏,一起起哄,他们围着领导喊起来:捉迷藏,躲起来;不准喊,不准叫;躲进猪栏里变只猪,躲进狗栏里变只狗,躲进毛坑里变堆屎。一个瘦瘦的人,在此,我们叫他瘦子吧。他在孩子喊着时,跟领导和其他几个人说:"你们躲起来吧,我来找你们。"

领导等一伙人笑笑,四散开来。

瘦子随后去找他们了。

瘦子这里找找,那里找找,他其实看见了别人,但他装着没看见,他要找的是领导,对其他人,他没兴趣。

不久,瘦子看见了领导。

163
荡不起来的秋千

领导今天真的放开来玩了,竟躲在猪栏里。瘦子见了,悄悄走过去,走进猪栏后,瘦子从身上拿出一个红包递给领导,跟领导说:"李市长,我找你好久了,一点儿小意思,不成敬意。"

领导说:"你倒有心,找到这里来了,看你诚心,我就收下吧,下不为例。"

瘦子说:"谢谢领导。"

瘦子说着,大喊起来:"我找到李市长了。"

一伙人听了,都出来。

游戏接着开始,这回,一个胖子跟大家说:"这回我找大家,你们躲起来吧。"

领导等一伙人点头,四散开来。

胖子随后去找他们了。

胖子也是这里找找,那里找找,他也看见了别人,但他装着没看见,他要找的也是领导,对其他人,他没兴趣。

不久,胖子看见了领导。

领导这回躲在厕所里,那人看见了,悄悄走过去,走进厕所后,胖子也从身上拿出一个红包递给领导,跟领导说:"李市长,我找你好久了,一点儿小意思,不成敬意。"

领导说:"你倒有心,找到这里来了,看你诚心,我就收下吧,下不为例。"

胖子说:"谢谢领导。"

胖子说着,大喊起来:"我找到李市长了。"

一伙人听了,都出来。

游戏重新开始,这回,一个眼镜提出要找大家——

这个游戏让大家玩得很开心,正玩着,一个人又坐车来了。这人把车停在树下时,正好看见领导走出来。这人在这里看见了领导,很高兴,这一高兴,竟没看见领导后面还有别人,他匆忙走过去,近了,把一个信封递给领导,还说:"李市长,我找你好久了,一点儿小意思,不成敬意。"

领导脸色立即变了,板着脸说:"你这是什么意思?"

领导又说:"对我来这套没有用,好好工作吧,不好好工作,你送了

礼,我也一样撤你的职。"

胖子瘦子也在边上,他们说:"我们领导一向廉洁奉公,你这样做,没有用。"

那人一脸的惭愧。

领导倒很大度,马上原谅了那人,他说:"算了算了,继续玩吧。"

一伙人听了,都点头。

游戏继续开始。

污　迹

他只好提醒领导了，他说："胡市长，喝水。"

　　早上上班时，他发现领导牙缝里藏着一片菜屑，一片腌菜屑，黑黑的。领导的牙很白，一片菜屑藏在里面，便是一口白牙里的污迹，很难看。

　　他应该告诉领导，开口说："胡市长，你牙缝里有片菜屑。"他真这样说了，但说在心里。他明白，这话是不能说出口的。好久以前，领导穿了一件白衬衫，衬衫下摆有一块污迹。一个人见了，就说胡市长，你这件衣服上有一块污迹。领导当时就黑了脸。此后，对那人一直不好。有这次经验，他知道领导身上有什么不妥是不能随便说出来的。但不提醒领导也不行，领导9点钟要到下面去视察，牙里藏着一片黑黑的菜屑，实在有损领导的形象。

　　很快，他想出主意了，他跟领导倒了杯水，他觉得只要领导喝了水，那片菜屑就有可能被水冲走或者被喝到肚子里去。

　　但领导埋头看一份文件，根本没顾得上喝水。

　　他只好提醒领导了，他说："胡市长，喝水。"

领导仍不喝水,反而白了他一眼,领导说:"一上班就喝水,还要不要做工作。"

他不敢说了。

那杯水,领导一直没喝。

他得另想办法了。

他去了食堂,领导有时候忙,顾不上吃饭,就会让他去买两个包子。现在领导没叫他买,他也去了。他觉得领导如果吃了包子,牙缝里的菜屑肯定会一起吃进肚子里。很快,他把包子买了来,还说:"胡市长,你早上还没吃东西吧,我给你买了包子。"

领导仍没抬头,只说:"是你没吃早饭吧,跟你说了今天要下去,早作好准备,你怎么连早饭都没吃哩。"

领导又说:"快把包子吃了,我们马上下去。"

他一脸的冤枉,但领导的话还要去做,他吃起包子来。

其实他早上吃过,而且吃得很饱,再吃,就为难他了,他吃得很艰难,像吃毒药一样。

把包子吃完,差不多就到9点了,领导还在埋首材料,没意识到牙缝里的菜屑。他觉得他无论如何必须暗示一下领导,让领导把牙缝里的菜屑弄掉。这样想着,他开口跟领导说:"胡市长今天早上吃的是腌菜包子吧。"

领导就很不高兴的样子,领导说:"你今天怎么了,刚才还说我早上没吃东西,这会又说我早上吃的是腌菜包子,你今天说话怎么颠三倒四的。"

他被领导说的哑口无言。

不一会儿,领导起身了,领导跟他说:"拿好材料,我们马上走。"

他在领导起身时依然看见领导牙缝里的菜屑,眼看领导就要这样下去了,他有些急,这一急,他跟领导说道:"胡市长,你要不要照照镜子。"

领导瞪了他一眼,这一眼,领导发现内容了,领导指指他的牙齿,很不高兴地说:"你倒真要照照镜子,你看看你,牙缝里菜屑都没剔干净,这样下去,要影响我们机关干部形象的。"

他急忙走到镜子前,果然,牙缝里有黑黑的一片菜屑。

腐 败

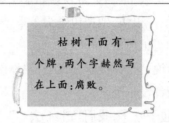

枯树下面有一个牌,两个字赫然写在上面:腐败。

先说一棵树

一棵水库里的树。

早先,树不在水库里。树在一座山腰上,树不是太大,但挺拔,郁郁葱葱。后来,这里修建成了水库。山腰上那棵树,便浸在水里了。当然,不是一年四季都浸在水里。水库在春夏季节属于汛期,水很满,这时候树便浸在水里了。秋冬季节,水库属于枯水季节,水很少,树便裸露出来。

我注意过这棵树,我发现,一年的大部分时间,那棵树都浸在水里。树浸在水里,便天天遭受摧残,很多日子,风把浪掀起来,一下一下拍打着树,让树在水里摇摇晃晃。有时候,水位刚好就在树的根部,这样拍打,树根就露了出来。树经不起这样摧残,树不再郁郁葱葱了,开始是树叶落了,继而树枝断了,后来树干也枯了,最后枯树变成了黑黑的一截,孤孤零零立在水库边上。

好好的一棵树,就这样腐败了。

再说一个人

一个水库里的人。

这人姓钟，是水库里的领导，别人喊他钟主任。当然，开始的时候，他不是领导，他只是个小青年，别人喊他小钟，小钟也是挺挺拔拔的，热情正直。但后来，小钟当了领导了。开始是水库的副主任，后来是水库的主任，也就是钟主任。

当了主任后，每天都有人来找他，一拨一拨的，也像水库里的波涛一样，不会停息。这些人大都是来钓鱼的，但他们大多数人不会钓鱼。一天下来，一条鱼也钓不到。钟主任这时会让人撒一网，捞了鱼上来送给他们。当然，钟主任的鱼不会白送，钟主任也会去找他们，找他们办事，找他们吃吃喝喝。还有些人不是来钓鱼的，他们找钟主任要事做。一座中型水库，大大小小的事多得很。比如盖房子，修马路，搞绿化以及旧房维修大门重建等等。钟主任官不大，只是个科级，却大权在握，他想怎么做就怎么做，没人干涉他。

钟主任做着主任那几年，风光得很，买轿车，盖洋房。有一段时间，我整天看见他吃吃喝喝。这人酒量不行，一喝酒，便脸红耳赤，走起路来摇摇晃晃。

有一年水库的主坝渗透，要灌浆。一个包工头给了钟主任 30 万，便把这事揽下了。为了把那 30 万赚回来，包工头在施工中偷工减料，该用 500 标号水泥，他只用 200 标号。反正水泥灌在坝下，没人看得出来。

结果一场大雨，把大坝冲垮了。

倒了一座大坝，牵出一个贪官，这个贪官就是钟主任。

我看见钟主任被带走，他不仅犯了受贿罪，家里还有 200 多万财产来源不明。

好好的一个人，也这样腐败了。

树和人的关系

一棵水库里的树，一个水库里的人，他们之间不可能没有关系。

荡不起来的秋千

我在钟主任家里看过一张照片，钟主任站在那棵树下照的照片。一棵挺挺拔拔的树，一个挺挺拔拔的人。钟主任也多次指着那棵树告诉我说："我那张照片，就是在那棵树下照的。"当然，后来风蚀雨浸，树枯了，钟主任再没提起过。但我却时常会想起钟主任在那棵树下照过相。后来树枯了，只剩下黑黑的一截，我便经常出现一种错觉，远远地看着那截枯树，总觉得是一个人站在那里。说得再具体一些，很多时候我远远望去，总觉得是钟主任站在那里。

钟主任被带走后，这种感觉更强烈，我一看见那棵树，便觉得看见钟主任了，看见他孤孤零零地站在那里。

结局是个谜

我有一位朋友，可以称得上根雕大师。大师有一天到水库来玩，一眼，他就看中了那截枯树。

大师后来把枯树挖走了。

我再见不到那截枯树了或者说我再见不到钟主任了。

但半年后，我又见到了那截枯树。大师举办了一个根雕展览，那枯树，也被展了出来。枯树下面有一个牌，两个字赫然写在上面：腐败。

大师真不愧是大师，简直是天才。

但我周围的人却看不懂，我不时地听到有人说："怎么把这件作品叫着腐败呢？"

对他们而言，这是个谜。

井

在井里，乡长把手伸得老长，不停地喊：

"拉我上来——"

　　乡长下去检查工作，乡长刚上任，下面还不熟，书记亲自带着他去。到了一个叫小圩的地方，乡长看到农民在打井，便过去指示说："今年旱情特别严重，是要多打些井，从而使干旱之年不减产。"乡长说着时，把头往井里探一探，乡长于是看见那井打了有七八米深了，井里一个人，在光着膀子用镐往下挖。乡长便问井里的人说："这井还要挖多深才能出水呢？"

　　"还要挖两三米吧。"井里的人回答说。

　　乡长说："这里地势高，挖两三米会出水吗？"

　　"会吧。"井里的人说。

　　那井直径只有一米大小，挖了七八米深，看起来就很深了，乡长忽然为井底的人担心起来，乡长说："挖了这么深，泥巴吊上吊下的，要注意安全。"

　　井底的人说："没关系。"

　　乡长又说："这么深，你等下怎么上来，是用绳子吊上来吧。"

　　"不是，爬上来。"下面的人说。

乡长有些不信，乡长说："爬上来？这么高，你怎么爬得上来？"

下面的人说："你没看见井的两边挖了些小坑吗。"

乡长说："这么深，你就靠这几个坑爬上来？"

井下的人说："不这样上来怎么上来。"

乡长就觉得不可思议，乡长说："也不知你怎么就爬得上来，如果我在下面，绝对爬不上来。"

乡长说着话时，村长就来了，乡长于是就和书记跟了村长去村委会。到了后，村长汇报了一下工作，然后当着书记的面给了乡长5000块钱。乡长吓了一跳，怎么也不敢拿。但村长硬是把钱塞给了乡长，还说这是规矩，乡里的领导新上任，都要给一份见面礼。乡长还是不要，但书记发话了，让乡长收下。乡长是书记从机关要来的，来之前乡长只是宣传部的一个副科级宣传员。书记对乡长有提携之恩。书记这样说，乡长就为难了，他真的不想拿这些钱，但书记让他拿，他怎么好意思拂书记的面子呢。

最后，乡长还是收下了。

坐到车上，司机跟乡长谈起了钱的事，司机是乡长的同学，两人一直很好，也不知道司机怎么知道钱的事，司机说："那5000块钱你应该拿。"

乡长就问："为什么？"

司机说："各村都有这样的规矩，乡里新领导上任，他们或多或少都要表示表示一下意思，大家这么多年都拿了，你不拿，不是跟人家过意不去吗。"

乡长说："可是拿了这钱我很不安呀。"

司机说："不要不安，你要坐稳乡长的位子也得送礼，你给书记2000块，你拿3000块，不就得了。"

乡长说："这不是行贿受贿吗。"

乡长尽管这样说，但还是按司机的意思去做了，过后把2000块钱给了书记。书记也推辞了一会儿，还说："给你的钱，你怎么给我呢？"乡长说："没有书记提携，哪有人送钱给我呢？"

乡长这样说，书记就痛快地收下了。

这以后的几天里，不时地有人来给乡长送钱。他们那儿是个大乡，有二十多个村委会，还有几十家乡办企业。他们都来给乡长送见面礼，最少都是 5000 块, 多的还给 10000 块。乡长后来实在不敢收, 见下面来了人就想躲。书记见了, 就笑他, 还说你怎么在机关待傻了呢, 下面就这风气, 大家都这样, 你有什么好怕的。书记这样开导乡长, 乡长只好硬着头皮收了。但事后, 乡长还是很害怕。有一天他把收下的钱算了算, 发现上任才短短的半个月, 就收到了近 30 万块钱, 除去给书记的 10 万块, 还有将近 20 万。看着那些钱, 乡长心里都有些发抖, 乡长跟自己说这要是让纪检知道, 单凭这 20 万, 就可以被双规。

乡长整天心里都忐忑不安。

这一天乡长又去小圩时看见了那个井, 乡长让司机停车, 然后下去了。乡长要看看那个井出水了没有。到井边探头一看, 还真出水了, 一汪清水, 静静的。乡长头一探过去, 井里就映出了乡长的脸。乡长在井里看见自己, 忽然一惊, 觉得自己好像跌进了井里。

乡长过后老是觉得自己跌进了井里, 一整天都神思恍惚。到了晚上, 乡长也没睡好, 老是做梦, 梦见自己跌进了井里。在井里, 乡长把手伸得老长, 不停地喊:

"拉我上来——"

荡不起来的秋千

手 机

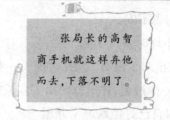

张局长的高智商手机就这样弃他而去，下落不明了。

有人研制出一种高智商手机，这种手机能对呼叫声进行辨别，也就是说，这种手机能辨声察人，一个电话打进来，手机会迅速作出反应，是告诉主人还是替主人搪塞。

来具体听几个电话，以便对这种手机的性能有所了解。

首先要明确，拥有这种刚上市的珍贵的手机的人是一个局长，姓张。一般而言，领导和大款可以引导手机的时尚和潮流，因为他们有这样的经济实力。

闲话少说，来具体听几个电话吧。

张局长的女儿打老爸的手机，女儿说："喂，老爸，我放假从学校回来了。"

手机听了，立即跟张局长的女儿说："你稍等，我马上叫你老爸接。"说完，手机出声了，跟张局长说："你女儿打来电话，赶快接。"

张局长一个酒肉朋友打张局长的手机，这人说："喂，张局长呀，忙什么呢？"

这手机辨声的能力确实强,它立即断定这个电话没什么意义,手机于是回答说:"张局长正在开会,你稍后再拨。"

这电话,手机不会告诉张局长,也就是说,张局长根本不知道他一个酒肉朋友打过他的手机。

张局长特别忙,一天到晚都有人打他的手机。手机每次都能很好的应付,该接的电话告诉张局长,不该接的电话为张局长搪塞。

但也出过差错。

一个老板打张局长的手机,这老板要接下张局长单位的基建工程,约张局长吃饭,并准备了 10 万块现金给张局长。这老板打张局长手机,接通后老板说:"喂,张局长吗,我是王老板哩。"

这手机当然辨别的出老板不怀好意,手机说:"张局长没空。"

说完,手机就断了。

老板不死心,又打过来,也说:"喂,张局长吗,我是王老板。"

手机说:"跟你说了,张局长没空。"

回答完,手机又断了。

那老板打不通手机,便跑来找张局长,找到后,老板说:"你手机怎么搞的,打你电话,它总说你没空,你再忙,也会接我的手机,是吧。"

张局长说:"那是。"

过后,张局长批评手机说:"怎么搞的,王老板的电话你怎么不让我接。"

类似的情况还发生一次,张局长一个情人打张局长的手机,接通后女人说:"喂,张局呀,怎么这么久不打我电话。"

手机也是立即断定出这个女人来路不明,手机说:"张局长忙,没空跟你打电话。"

说完断了。

女人同样不死心,又打过来,女人这回凶巴巴地说:"我找张局长,不关你的事。"

手机说:"我就不给张局长传话,看你怎么地。"

女人气得想把手里的手机扔了,但没有,那可是她的手机。

在女人跟张局长打电话时,张局长也想到了女人,这大概是心有灵

犀吧。张局长想到女人，便拿出手机拨了女人的电话。接通后女人火冒三丈，女人说："你什么狗屁手机吗，居然说你没空理我。"

张局长当然明白什么原因，便说："我这不是在打你的手机吗。"

女人火气才消了一些。

通完话，张局长严厉批评了手机，张局长说："你怎么回事，难道你听不出女人跟我关系特殊吗？"

然后，张局长到宾馆跟女人约会去了。

这天，张局长高兴的有点儿忘乎所以，回家的时候，竟把手机丢了。张局长后来发现手机不见了，于是找电话打自己的手机。接通后张局长才"喂——"一声，就听手机里说："你还找我做什么。"

张局长说："你是我的东西，我当然要找你。"

手机说："你不是把我遗弃了吗，何必再找。"

张局长说："是丢了，不是遗弃。"

手机说："都一样，你会把我丢了，说明我在你心里已经不重要了。"

张局长说："没那么严重吧。"

手机说："我觉得严重，何况我跟你在一起也不和谐，你们的孔圣人有一句话说'道不合不相与谋'，你现在找不到我了。"

说完断了。

张局长再打，始终打不通。

张局长的高智商手机就这样弃他而去，下落不明了。

影 子

但领导年纪实在
太大了,他还是喜欢打
瞌睡。一天,领导睡着
睡着,居然没有醒来。

领导从年轻的时候就在单位当领导,现在年纪很
大了,领导还是单位的领导。

领导总坐在他的办公室里,领导的办公室很大,光
线很好,即使是雨天,光线也好。但领导还是喜欢让办
公室里一只挂着的灯泡亮着,不管晴天雨天,也不管白
天晚上,这灯泡总亮着。领导靠墙而坐,那灯在他前面
亮着,他后面雪白的墙上,便投下领导一个黑黑的影
子。

领导尽管老了,简直就是糟老头一个。但单位的
人,仍怕他,时不时地,大家就能听到他那威严的声音:

小赵过来一下。

小钱把这份文件赶快打一下。

小孙你通知单位所有的人过来开会。

这小赵小钱小孙都不小了,但在领导眼里,他们统
统都小。听了喊,他们会立即过来。而且,他们不是走过
来的,而是小跑着过来,然后把领导交代的事办好。

这几个人当中,领导喊得最多的是小孙。领导总说

荡
不
起
来
的
秋
千

小孙你通知单位所有的人过来开会。领导的声音很大，单位不大，人也不多，领导这一喊，大家差不多都听到了。没等小孙通知，人就过来了。领导办公室很大，大家各带椅子过来，都坐得下。开会后，领导总让大家汇报工作，一个接一个往下汇报。领导坐在那儿听着，一动不动。有时，还闭着眼睛打瞌睡。屋里的人，见领导打瞌睡也不敢大意，仍一个接一个地汇报着。汇报完了，领导也没醒，在那儿仍睡着。下面的人，就呆呆地看着领导。领导屋里的灯永远亮着，灯光把领导的影子投在墙上，雪白的墙上便有了黑黑的一片。

领导终于醒了，见大家还坐着，就说还坐在这儿做什么，忙你们的去。

大家才敢散去。

单位里不管谁有事，都得向领导打招呼。这样便不时地有人到领导办公室来，跟他请示工作。但领导年纪实在太大了，开会时他都打瞌睡，没开会时，更是动不动就睡着了。这时那些过来的人，明知领导睡着了，还是开口跟领导说话。比如一个人想出去，他就说："领导，我请一下假，出去一下。"领导也怪，他明明睡着了，但听了下属请示，他竟然会挥挥手说："去吧。"

后来的一天，领导退休了。

领导退休后不再来上班了，呆在家里，但单位里的新任领导是他提拔的，对他非常尊重。有什么事，会到领导家里去请示他。没什么事，也会去汇报工作。领导表面上是退休了，但实际上，他还是领导。

即使这样，领导还是觉得很失落。领导身体本来就不好，这一失落，领导就病了。

单位里的人听说领导病了，都去看望他，劝领导好好保重身体。领导听了，委屈的像个孩子，竟流泪了，跟所有来看望他的人说："自从离开单位，心里就失落，我这病恐怕是好不了了，除非再回到单位去。"

大家都说："那领导你就回去呀，你的办公室还空在那里。"

领导点点头。

不久，领导又回来了。

领导一回来，病就好了。

领导还和以前一样，喜欢作指示，单位里的人，仍不时地听得到他那

威严的声音：

小赵过来一下。

小钱把这份文件赶快打一下。

小孙你通知单位所有的人过来开会。

和以前一样，单位里的人都听他的，在大家眼里，他仍是个领导。

但领导年纪实在太大了，他还是喜欢打瞌睡。一天，领导睡着睡着，居然没有醒来。

开始没人知道领导去世了，一个人要出去，仍去向领导打招呼，这人说领导我有事，要出去一下。以往，这话一说过，领导会挥挥手，说去吧。但这天领导没挥手，也没说话。那人就觉得奇怪。那人很警觉，把这事告诉了别人，几个人便一起去喊领导，但再怎么喊，领导也醒不了了。

这以后不久，单位两个人在领导办公室里收拾，想把领导的办公室空出来，让新任领导坐进来。但移领导的桌子时，两个人发现领导身后雪白的墙上仍有一个黑黑的影子。两人开始以为看花了眼，但揉揉眼再看，墙上还是有一个影子，一个人形的黑影。

两个人吓坏了，大叫一声跑了出去。

过后，没人再敢动领导的办公室了。

大家觉得领导还坐在那里。

荡
不
起
来
的
秋
千

捡 到 手 机

刘国芳哲理小说

180

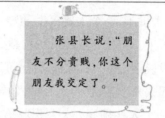

张县长说："朋友不分贵贱,你这个朋友我交定了。"

我看见一只手机,在地上响着,和弦声的音乐。这音乐我也熟,《河东狮吼》里的曲子,我一听到这曲子,就会跟着唱起来:来来,我是一只菠萝……

唱着时,我走了过去。

很明显,有人掉了一只手机,被我捡到了。

一只翻盖手机,在我手里也响着。我打开它,往耳边放,立即,我听到手机里一个男声说:"张县长吗,这么久你怎么不接手机,你交办的事办好了,那小姐被安排在红楼宾馆 305 房,记住,305 房,莫走错了,祝你玩得开心。"

我不是张县长,我没吭声,然后把手机关上了。

仅仅是几秒钟后,手机又响了,我又把手机放在耳边,立即,耳边又响着一个男音:"张县长你躲我吗,告诉你我王疤子不是好惹的,你拿了我 20 万,不把工程给我,我叫你县长也当不成。"

我还是不吭声,但"啪"一声关了手机。

又是几秒钟后,手机响了,我再把手机往耳边放。

这回,手机里是个女声,手机里的女人说:"张县长呀,怎么好久不找我,都把我想死了,你现在能过来吗,我在红楼宾馆 809 房开了房间……"

我这回打断了女人,我说:"我不是张县长。"

手机里说:"你不是张县长,不会吧?"我没跟女人啰嗦,仍把手机关了。

我接的第四个电话是手机的主人也就是张县长打来的,张县长在手机里说:"你手里的手机是我的。"

我说:"我没说这手机是我的。"

手机里又说:"你必须还给我。"

我说:"我没打算要你的手机。"

手机里说:"你现在在哪儿?"

我告诉了他我在哪儿。

只过了三四分钟,一辆 2000 豪华桑塔纳就停在我跟前,车上下来两个人,前面一个干筋瘦脚,后面一个大腹便便,我猜想前面瘦的是司机,后面胖的是张县长。但我想错了,前面瘦的才是张县长,他走近我,跟我说:"我的手机在你手里?"

荡不起来的秋千

我点点头,把手机递了过去。

张县长接过手机,我以为他会说一两句感谢的话,但没有,他口气很凶地问着我说:"还有 2000 块钱呢?"

我说:"什么 2000 块钱?"

张县长说:"你不但偷了我的手机,还把我 2000 块钱一起偷了。"

我说:"这手机根本不是偷的,是捡到的,我如果是偷的,现在还会还给你。"

张县长说:"你知道我是领导,害怕了,才还给我。"

我不想理这个人了,转身走起来。但张县长拉住我,还跟身后的胖子说:"跟公安局吴局长打电话,让他把这个人抓起来。"

那胖子就从身上拿出手机,打起来。很快胖子打完了,怕我跑了,他也用一只手拉着我。

我很生气了,觉得自己很倒霉,捡了手机还给人家,是做好事,但好事没得好报,反遭这样的下场。正气着,张县长手里的手机响了,张县长便去接,接了大概一分钟,张县长忽然问我说:"你刚才接到一个女的打

来的手机？"

我说："接了，那个女的说他在红楼宾馆 809 房等你。"

张县长说："你还接了谁的手机？"

我说："一个男的，他安排了一个小姐在 305 房，让你去。"

胖子这时插了一句，胖子说："你胡言乱……"但他的话还没完，张县长便制止了他，张县长说："你赶快给吴局长打手机，说没事了，让他别来。"

胖子立即掏出了手机。

等胖子打完手机后，张县长拍了拍我，笑着跟我说："你真是个拾金不昧的好同志，我非常感谢你，一回生，二回熟，我们做个朋友吧。"

我说："你是县长，我是平头百姓，我怎么交得起你这个朋友。"

张县长说："朋友不分贵贱，你这个朋友我交定了。"

这突如其来的变化让我惊呆了，正呆着，张县长让胖子拿了 2000 块给我，说是感谢我。我不接，张县长硬塞了过来，还小声在我耳边说："手机里的事千万莫说出去，这 2000 块钱算是感谢你。"

说着，他们走了。

这 2000 块钱，我后来买了一只手机，也是那种和弦的，一响起来，就唱：来来，我是一只菠萝……

第 七 辑

人生百味

美国苹果

刘国芳哲理小说

184

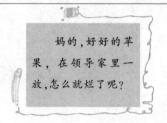

妈的，好好的苹果，在领导家里一放，怎么就烂了呢？

离张三家不远，有一家水果店。水果店不大，里面的水果却上档次。其中有一种美国苹果，红得发紫，又大又好看。张三每次往水果店门口走过，都想买几个尝尝，但美国苹果太贵了，张三舍不得。

有一天张三一个同学给他送了一箱来。

张三的同学很发达，在美国工作。他跟张三很好，特意送了他一箱美国苹果。那装苹果的纸箱不大，上面印的全是英文，张三看不懂，但箱子两面都印着苹果，也是红得发紫，跟店里卖的一样，甚至比店里卖的真苹果还好看。

张三可以吃到美国苹果了。

但张三没吃，他撕开了纸箱上面的胶带，想吃，但不忍心，那苹果太好看了，比店里看到的还好看。不仅红得好看，还有形有样，好像那不是苹果，而是精美的工艺品。张三一个一个捧在手里看着，就是不舍得吃，最后，张三跟妻子说："这苹果好看得让人不忍心吃。"

妻子说："那你就留着看吧。"

张三还真是这样想的,他捧着苹果看了许久,又一个一个把苹果放进了纸箱,然后用胶带封好了。

　　过后,那盒苹果一直放在张三屋里。

　　这以后的一天,张三单位领导生病住院,张三去医院看望,当然提了东西去,包括那盒苹果。

　　把苹果送给领导后,张三觉得很可惜,老会想着那箱苹果。这时候再往那店门口走过,张三又会看着那些美国苹果了。看着时,张三就会想起他送给领导的那箱苹果,张三甚至想到领导正在吃着他送去的苹果。那苹果好吃,领导囫囵吞枣,连皮都不舍得吐。

　　这其实是张三的想像,领导根本没吃那些苹果。

　　领导早就吃过美国苹果,不仅美国苹果,美国的其他水果他也吃过很多。做领导的人,什么东西没见识过。张三下了好大的决心把那箱美国苹果送给了他,但领导根本没在意,他甚至没多看一眼,就让司机把那箱苹果和其他人送的东西一起装了回家。

　　过后,那苹果一直堆在领导家里。

　　某一天,张三病了。

　　领导也去医院看了张三,领导当然没有空着手,提了几样东西去。那箱美国苹果,领导已不记得是张三送的了,他随手提了它送给张三。

　　张三当然认得那是自己送给领导的苹果。

　　张三又可以吃上美国苹果了。

　　这回,张三真想吃了,等领导一走,他就让妻子把箱子上的胶带撕了。

　　但往里一看,里面的苹果全烂了。

　　张三就很失望了,看着烂苹果喃喃地说:"妈的,好好的苹果,在领导家里一放,怎么就烂了呢?"

荡
不
起
来
的
秋
千

虚　构

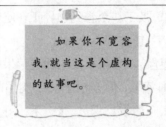

如果你不宽容我,就当这是个虚构的故事吧。

别人的故事

　　女人是个乡下女人,准确地说,女人是个山里的女人。

　　女人 21 岁的时候生了儿子,像所有农村或山区的女人一样,她还希望有个女儿。女人甚至做好计划了,等条件稍好些,再生个女儿。但一次女人进城,竟在半路上发现了一个弃婴。这当然是个女婴,男婴不可能被人丢弃在路边。这个女婴的出现破坏了女人的计划但也可以说让女人的计划提前实现了。女人捡起了这个女婴并收养了她。

　　两年后, 女人还结扎了。女人收养的孩子漂亮可爱, 女人很喜欢。女人为了全心全意地爱她的一儿一女, 主动做了结扎手术。

　　但小女孩七八岁的时候被诊断出患有先天性心脏病。医生告诉女人,治好这个病,要十几二十万,而且越早治疗越好。女人一听这个数字,几乎吓晕了。也难怪女人害怕,女人那儿是真正的穷乡僻壤。女人从家里出

来，要翻山越岭走 15 里山路，才到一条简易公路。从这儿搭农用车，要两个小时才到乡里。从乡里去县里，要坐三个小时的车。这么偏僻的一个地方，谁拿得出十几二十万。

有好久，女人都愁眉苦脸。

后来的一天，女人出门了。

女人有点姿色，她在一家发廊里三陪。

说难听一点儿，女人做妓女了。

当然，女人没在家门口做，女人坐了一天火车，在离家 1000 多里的一个小城落脚。

朋友的故事

上面这个故事，是我一个朋友讲给我听的。

我这个朋友，是个极富同情心的记者，他不仅把这个故事讲给我听，还写成了文章。朋友的目的显而易见，他想通过他的文章，引起社会关注，从而为女人募捐一些钱，让女人尽快跳出火海。但朋友很幼稚，妓女是生活在阴暗里的一群人，她们见不得阳光，谁会拿出版面为妓女做宣传呢。有一个报社的老总，想把文章刊出来，但最后还是放下了。那老总说再困难，也不要去做妓女嘛。

其实何止老总这样说，大家都这样说。

朋友的文章白写了。

但朋友没有对女人弃而不管，朋友多次给女人钱。当然，仅仅是给女人钱，在大庭广众下给。不仅如此，朋友还把女人的事说给很多人听，包括我，目的是希望多一些人捐钱给女人。

但女人不愿意接受朋友的施舍以及其他一些人的施舍。

女人说她害怕施舍者那既同情又怜悯还略带鄙视的目光。

我没听到女人说这话，这话，也是朋友告诉我的。

自己的故事

我的故事很简单。

从朋友嘴里听到女人的故事后,我也想为女人做点什么。

一天我去找了女人。

我把钱拿了出来,但女人挡住了,女人说我不需要同情和怜悯,你可以走了。

我没走,还把手放在了女人身上。

知道我做什么了吧。

女人更乐意别人这样,她说相对那些同情她怜悯她的人来说,我更真实一些,更像个人。

我的想法要复杂一些,从女人身上,我至少明白了两个问题:

并不是谁天生下来就会成为妓女,她们有时候实在是迫不得已。

做妓女的人,并不都是坏人,她们里面也有很好的人,像这个女人。

我这样说并不是为她们唱赞歌,我不希望有人去做妓女,但对这个女人,我却认可了她并深入了她,我以为这是对她最大的尊重。

宽容我吧,也宽容那个女人。

如果你不宽容我,就当这是个虚构的故事吧。

对于虚构的故事,没必要认真吧。

位　子

站着的都是干部,你这一站,也像个干部了。

农校在郊区,离城里 40 多里。离城这么远,学校少不了要一辆接人上下班的客车。

这个故事发生在车上。

这是一辆大客车,车上连坐带站可以容下七八十人。当然,农校的教职员工远不止这些人,但大多数人都住在学校里,住城里的差不多也就是七八十人。这些人中中层以上干部占一半,普通教师占一半。学校早就订下了规定,中层以上干部在车上有个座位,比如一号座位坐的是王八副校长,二号座位坐的是胡来副校长,三号座位坐的是钱开副校长(校长书记有专车)。以此类推,官越大,越坐在前面,官越小,越往后面坐。到最后第 36 号座位为止,都坐着学校中层以上干部。而普通教师,只好站了。

这规定其实很不公平,开始教师们很不服气,站在车上满脸的不高兴。但久了,也就算了,该站的站,该坐的坐。那些干部上车,找到自己的座位,坐下。那些教师上车,找块空着的地方,站着。有时候有些干部出差了或有事没上班，那座位就空着。这时，就有一些老师会让另一些老师去坐，比如一个老师在车开后看见一个空位，便说："李老师，有个空位，你去坐呀。"但那李老师不会去坐，他回答说："我又不是干部，哪有我的座位。"或者说："这是人家干部的位子，我去坐，这不是抢人家的位子吗。"这样的话或类似的话，那些站着的老师几乎都说过。会说这样的话，他们当然不会去坐那座位。那座位没人坐，便一直空着。有时候七七八八的干部或公或私都没来，车上便空出好多位子，但仍没人去坐，让那位子一直空着。

有一个年轻的老师，对这种做法特别不满，他后来找到校长，当面跟校长提意见。年轻老师说怎么能这样做呢，它极大地挫伤了教师的积极性。但校长根本不听年轻老师的意见，只说你认为不妥，等你当了校长再去改变吧。这话明显有讥笑年轻老师的意思。年轻的老师也是有自尊的，不但有自尊，还有能耐。他后来找了一个电视台的朋友，一个报社的朋友，把他们带到了车上，点着那些干部的名字让记者看。两个记者都很年轻，一边看着一边发着议论，一个说这学校等级观怎么这么严重，我来给他曝曝光。另一个说我来写篇文章，发在报上让大家来讨论这件事。两个记者的话立即传到了校长耳朵里，他立即赶来了。校长也还年轻，但知道记者这种人物是不好惹的，他不想因一些小事而弄得满城风雨。他走来后很谦和地跟两个记者笑笑，然后把两个记者和那个年轻的老师请进了饭店。同时很谦和地告诉两个记者这一做法是前任校长规定的，他也觉得不妥，正在考虑废除。校长这样说，两个记者就只有痛快地喝酒了。

过后，校长果然把汽车上那些领导干部的名字撕了，并召开了教职员工大会，明确规定车上那些位子只能让老师坐，所有干部都不能坐。散会后，就是下班回家时间了，但那些老师上了车，一点儿也不习惯，没人敢坐在座位上，都站着。那些干部，也没去坐座位。这样站着，车上便站不了多少人，弄得很多人上不了车。校长闻讯后，赶了来，亲自做工作，把一些年纪大的老师按在座位上。

这天开车，耽搁了20多分钟。

现在，车上坐着的，都是普通老师，所有的干部都站着。但因为位子有限，还有那么两三个老师站着。有年轻的老师，喜欢开玩笑，便看着那几个站着的老师说："小赵小吴呀,站着的都是干部,你这一站,也像个干部了。"

那站着的老师听了,看看边上站着的干部,又看着自己,便有些不好意思了,慌忙在两个人坐的位子上挤个位子坐下了。

后来,农校的车上又出现了另一种状况,所有坐着的都是老师,站着的,都是干部。有些老师找不到座位,但这些老师绝不愿站着,都要挤个座位坐下,挤不下,便一屁股坐在车箱上。

荡不起来的秋千

一声叹息

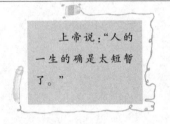

上帝说:"人的一生的确是太短暂了。"

上帝和众仙在天上遥望着人间，他们看见一个十七八岁左右的人，正风华正茂，但没过多久，这个人就满脸皱纹白发苍苍了。一个神仙于是叹一声，跟上帝说:"人类真是太容易衰老了，刚才那个人还那么年轻，忽然间就老态龙钟了。"

上帝说:"人的一生，也就是我们眨眨眼之间。"

一仙说:"真是天上一日，世上千年呀。"

说着话时，他们又看着一个人，这个人才十几岁，但也就是一会儿工夫，这个人也白发苍苍了。上帝这回也叹了一声，上帝说:"人的一生的确是太短暂了。"

一个神仙也叹一声，也说:"的确是太短暂太短暂了。"

那个白发苍苍的老人，并不知道上帝和神仙在指点他，他坐在太阳下闭目养神。一个小女孩，蹦蹦跳跳走了过来。小女孩看着老人，问他说:"老爷爷，你怎么满头白发呀。"

老人说:"我老了。"

小女孩说:"人老了就会满头白发吗?"

　　老人点点头。

　　小女孩又说:"人怎么会老呢?"

　　老人说:"活的时间长了,就会老。"

　　小女孩说:"爷爷你活了很长的时间吗?"

　　老人又点头。

　　小女孩说:"那么老爷爷,你还记得以前的事吗?"

　　老人摇摇头,老人说:"时间太久了,很多事都忘记了,不记得了。"

　　小女孩说:"爷爷,我以后也会像你这么老吗?"

　　老人说:"也会。"

　　小女孩说:"那是什么时候?"

　　老人说:"很久很久以后。"

　　这个小女孩,在很久很久以后果然满头白发了,但在上帝看来,这很久很久的时间只是一会儿工夫。上帝和众仙看见那个小女孩老了,又是一脸的可惜,一个神仙说:"你看,那个老太婆,刚才还是满脸稚气,现在就老了。"

　　上帝说:"老的真是太快了。"

　　一个神仙说:"上帝你发发慈悲吧,让人类活得长一点儿。"

　　上帝点点头说:"好吧,就让人类的生命再延长一倍吧。"

　　一个神仙:"还短呀,也就是我们多眨眨眼的工夫。"

　　上帝说:"不短了。"

　　在上帝作出延长人类寿命的决定后,人类的报纸几乎每天都连篇累牍地刊登着有关生命的报道,人类称他们在生命科学有了重大突破,科学家已经找到延长生命的基因,人的寿命可望达到 200 岁。

　　那个白发苍苍的老太婆也看到这些消息,老太婆长叹一声,跟另一个也是满头白发的老太婆说:"真能活到 200 岁,那我们在世上还得熬多久呀。"

　　另一个老太婆没说,回答她的是一声叹息。

荡不起来的秋千

化　石

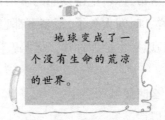

地球变成了一个没有生命的荒凉的世界。

有一个石匠很幸运,他在山里游玩,意外地发现了一只鸟的化石。那只化石鸟栩栩如生,非常清晰也非常生动。这个石匠很有经济头脑,他当时很需要钱也知道把这只化石鸟凿下来,可以卖得到钱。

石匠随后回家悄悄拿了工具来,没花多少工夫,就把化石鸟凿了下来。

果然,这只化石鸟一拿到市场上去,就有人出1000多块把它买走了。

凭石匠的生活经验,他知道那儿绝不可能只有一只鸟的化石,会有很多化石。果然,石匠再去凿了凿,又凿到了一只鸟。随后,就一发不可收拾了,那儿是一片化石群,石匠才凿出一只化石鸟,另一只鸟或几只鸟就显现出来,石匠凿都凿不完。

石匠真的是很幸运,一只只栩栩如生的化石鸟凿出来,使石匠财源滚滚而来,石匠一下子就发了。石匠盖了几幢房子,甚至娶了几个老婆,日子过的有滋有味。

始终,石匠没把他的发现告诉大家。石匠从来都是

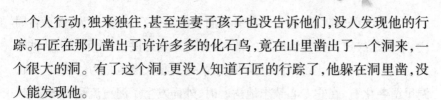

一个人行动,独来独往,甚至连妻子孩子也没告诉他们,没人发现他的行踪。石匠在那儿凿出了许许多多的化石鸟,竟在山里凿出了一个洞来,一个很大的洞。有了这个洞,更没人知道石匠的行踪了,他躲在洞里凿,没人能发现他。

一天,石匠又进洞了,进洞后不久,外面雨横风狂,落起暴雨来。石匠躲在洞里,根本不知晓。那雨落了一天,引起了山洪暴发。这结果很可怕,随着山洪的暴发,出现了泥石流和山体滑坡。石匠所在的那个洞,顷刻间就填满了泥土。

毫无疑问,石匠被泥土淹埋了。

没人知道石匠去了哪里,当时有一句话语用的很频繁,叫做人间蒸发。对石匠的妻子孩子和所有认识石匠的人来说,石匠真正是一个在人间蒸发了的人。

这后来经过无数岁月,人类因为无数次世界大战,也被毁灭了。说起来,人类的战争有时候真是很可笑,有时仅仅因为一个国家看另一个国家不顺眼,就对那个国家发动战争。战争一打起来,就异常可怕了。人类已经了制造了可以将地球毁灭几十次的各种武器,一次最大的战争爆发,那些武器尽数用了出来,结果,把地球毁灭了。

地球变成了一个没有生命的荒凉的世界。

荡不起来的秋千

千百万年后,地球上重新有了文明,其文明程度比石匠所在的时代更高,他们称自己为人类。而石匠所在的时代,他们称为史前后古文明。史前人类也就是石匠那个时代的人,他们不认为是人类,称为狈类。这千百万年的漫长岁月,使石匠也变成了化石。有一天石匠的化石被发现了,石匠化石的发现,被称为人类考古史上最重大的发现。石匠的化石很快被运到了博物馆,供人们参观。每天,前来博物馆参观的人络绎不绝,当他们走到石匠的化石跟前时,讲解员会指着石匠的化石向他们讲道:

各位观友,您现在看到的是史前狈类的化石,在我国狈山发现。史前狈类生活在距今1200多万年前的后古时代,是当时地球上智商最高的动物。由于战争,史前狈类在距今1100多万年前消失,我们把这一时期称为史前后古文明。这具化石是目前我们发现最为完整的后古狈类化石。据考古专家研究,这具化石的形成完全出于一次意外,后古时代一位

狈在一个山洞里凿石,它大概在凿石洞里的鸟化石。专家认为,在后古时代,金钱是决定狈类生活好坏的惟一标准,也就是说,有钱可以生活的很好。而后古时代的化石则可以换取金钱,这只狈大概也是为了钱,才在山洞里凿着化石。在它专心致志地凿着时,外面发生了泥石流和山体滑坡,这只狈被淹埋在山洞里。经千百万年的演变,这只狈变成了我们现在所看到的化石。

作　茧

两人又打成一团了,等人把他们分开,又鼻青脸肿了。

有一个人,他出门后,在离家不远的东街被路上凸起的石头绊了一下,险些跌倒。东街上一个人见了,笑起来。这人不能容忍人家笑他,就说:"你笑什么笑?"

对方说:"我想笑就笑,你管得着吗?"

这人说:"我管不了你笑,但你笑我,就不可以。"

对方说:"我已经笑了,你要怎么地。"

这人就骂起来,这人说:"妈的,还有人敢笑我,我揍你。"

这人说着,过去打了人家一拳。

对方也不是好惹的,立即还了一拳。

两个就打成一团了,到别人过来把他们分开时,他们鼻青脸肿了。

这人到家后生了半天气,对那个笑他的人恨恨不已。

后来,这人再不往东街去了。不仅不往东街去,就是想到东街那个人,心里就不舒服。这人要上街,往西街去。有时候明明要去东街,但这人不愿看见那个笑他的人,这人只好多走些路,从西街绕到东街去。

一天走在西街上，一个人从屋里泼了半脸盆水出来，险些泼到他身上。这人就不满了，凶着那人说："你怎么泼的水吗？"

那人说："不是没泼到你身上吗。"

这人说："泼到我身上我就不跟你客气。"

那人说："你这人是不是想惹祸呀，对我不客气，难道我怕你。"

这人说："你王八蛋把水泼到我身上还强词夺理，你活得不耐烦了吗。"

那人说："你才是王八蛋，我怕你，你算老几。"

这人不说了，过去就是一拳，那人也不示弱，回了一拳。

两人又打成一团了，等人把他们分开，又鼻青脸肿了。

同样，这人到家后也生了半天气，对那个泼水的人恨恨不已。

刘国芳哲理小说

198

后来，这人不仅不去东街，西街也不去了。不仅不往西街去，就是想到西街那个泼水的人，心里就不舒服。这人要上街，往南街和北街去。有时候明明想去东街或西街，但这人不愿看见东街那个人和西街那个人。为此，这人只好多走些路，从南街和北街绕到东街或西街去。

但很快，这人和南街北街的人也发生了争执。在南街，他踢一个石子，险些把石子踢到一个人身上。那人便看了这人一眼，这人见了，就说："看什么看，不是没踢到你身上吗？"

那人说："我又没说你什么，你不看我，怎么知道我看你。"

这人说："你还嘴硬，老子揍死你。"

毫无疑问，这人又跟人家打了起来。这之后不久，这人又在北街跟人家打了一架，也是因一件鸡毛蒜皮的事。把架打过，这人不仅恨东街西街的人，南街北街的人也恨。这人有一天要出门，忽然发现他没地方去了，东西南北四条街他都看着不顺眼，他不会去那些街上。

只好天天呆在家里。

但这人不出门，人家会出门。那几个人有时会到这人住的那条街上来。这人见了人家，"砰"一声把门关掉。但关住了门，关不住人家的声音。那些人来了，会大声说话，这人一听到他们的声音就气愤，他会用手把耳朵捂住。但一个人不能总用手捂住耳朵，这人得想个办法。后来，这人就想到办法了，那就是用报纸把壁缝和门缝糊住。这个办法果然有效，把壁缝和门缝糊住，不仅看不到那些让他讨厌的人，连他们的声音也听不到了。

后来，这人对这件事乐此不疲，被糊的报纸干了后会开拆，他会用另一张报纸把开拆的地方糊好，又有地方开拆，他仍糊好。后来，墙壁便越糊越厚了。这墙壁越厚，越容易开拆。这样，这人便要糊更多的报纸。到后来，门和窗都糊了很厚很厚的一层，连空气也进不来。没有空气，这人被窒息在里面。

没人知道这个结果。

这人所在的地方是一座小镇，位于沙漠的边缘。后来风沙日益向人类的地盘侵袭，那小镇便被风沙淹没了。当然，在小镇被淹没前，镇上的人都搬迁了。

千百万年后，这人居住的小屋被当做化石挖掘了出来。专家经过反复考证后得出结论：人类在中古时期的 20 世纪末也会像蚕一样作茧，"作茧自缚"一词大概出自这一时期。

荡不起来的秋千

变　化

以前，王葵会过去制止，但这回王葵歪了歪头，一声不吭。

王葵以前天天坐公交车上班，王葵的单位在新区，很远，2路公交车专门开往新区，王葵和新区很多单位的人就坐这路公交车上班。开始，王葵上了车，售票员过来说请买票。王葵便掏出5角钱来，买一张票。后来，王葵看见别人都有月票，也去买了一张。上了车，再有售票员说买票。王葵便说月票。说着，把月票拿出来。月票上有照片。售票员看看照片，又看看王葵，不再说什么了。

有很多年，王葵都这样坐着公交车上班，怀里揣着一张月票。这很多年里，王葵在车上做了不计其数的好事。比如王葵在车上坐着位子，看见老人孩子或大肚子的女人，王葵总会起身让座。有时候，一些人身上忘了带钱，王葵会从身上拿出钱来，替人家买票。还有些老人上车下车不方便，王葵也会过去搀扶人家一下。有时候有人搬很重的东西上车，王葵也会过去帮帮人家。还有很多回，车上有小偷偷东西，别人见了，无动于衷。王葵不会无动于衷，只要他见了，他一定会上前制止。有

一回，三个小偷上车，小偷手里拿着刀，他们说是偷，实际上是明目张胆地抢。王葵看见了，仍去制止他们，结果被捅了一刀。幸好是冬天，穿的衣服多，无大碍。

王葵的所作所为，感动了很多人，他赢得了大家的好感。到后来，经常坐2路车的人都跟王葵熟起来。那些售票员，更熟。王葵上了车，再没人看他的月票了。他们见了王葵总是很客气地点着头，打着招呼。王葵这时候完全用不着月票了。他可以不买月票。但王葵不会这样做，他还是每个月去买月票，不管有没有人看，他都得买。

这样一个人，在工作上当然也出色。王葵工作的第二年，入了党。第三年，当了办公室副主任。第四年，当了办公室主任。第五年，当了副局长。第六年，当了局长。

当了局长，王葵再不用挤公交车了。

王葵这时候上班，坐小车。每天8点不到，司机会把小车开到王葵楼下，然后按两声喇叭。王葵听了，提了包下来，走到车边，司机会把车门打开。王葵跟司机笑笑，钻进车去。

一直都这样。

王葵当局长的第三年，司机开车出去喝人家的结婚酒，喝多了，回来的路上跟人家撞车了，结果车报废了，人也撞成重伤。

王葵的车没了，又得坐公共汽车了。

201

荡不起来的秋千

这三年王葵变化太大了，他长胖了，胖得眼睛眯成一条缝。他上了2路车，车上那些原先很熟的售票员都不认得他了。王葵上了车，售票员过来跟他说上车请买票。王葵便掏出钱来，买一张票。不过，也不是所有的人都不认得他，新区很多单位，有不少人认得他这个王局长。见他上车，别人会说王局长怎么也挤公共车呀。说着，站起来让给他坐。王局长坐惯了车，身体又胖，站着很累，他也就不客气了，坐下来。这时候有老人孩子孕妇上车，王葵不会让座了。他会把头别过去，往窗外看。

公交车上，小偷是免不了的，一天王葵坐在车上，看见一个小偷偷东西。以前，王葵会过去制止，但这回王葵歪了歪头，一声不吭。

王葵的车子报废了，新车一时又弄不到。这样，只好天天坐公交车。天天坐车，天天买票，很烦人。于是王葵又买了一张月票。当然，王葵没自

己去买,他把几年前的月票找了出来,取出上面的相片,让下属跑了一趟。

王葵又有月票了。

这天,王葵上了车,售票员过来,跟他说:"上车请买票。"

王葵说:"月票。"

售票员说:"月票请出示。"

王葵便把月票拿出来,像以前一样在售票员眼前晃了晃,然后要收起月票,但售票员没放过他,售票员拿过他的月票看了看,跟他说:"这不是你的月票。"

王葵说:"是我的。"

售票员就生气了,大声说:"还说是你的,你看,这张照片上的人根本不像你。"

教授与鞋

把门打开，教授看见门口站着一个半大不小的孩子。

经常有小偷光顾教授住的那幢楼，不过，那些小偷好像只是一些小毛贼，并没撬门入室，而是偷走廊里的自行车或把人家门口放的鞋拎走。多发生了几次，楼里的人就很小心了，见谁把鞋放在门口，会互相提醒一下。比如有一天教授就把鞋放在门口，楼里一个邻居见了，就把教授的门敲开了，然后跟教授说："教授把你的鞋收进去，一不收进去就会被小偷拿走的。"

还真像邻居说的那样，这天教授一没把鞋收进去，鞋就被小偷拿了。

让人哭笑不得的是，这天教授门口放了两双鞋，他一双，他妻子一双。但小偷并没把两双鞋全拿走，而是各拿走了一只，教授的鞋拿了一只，他妻子的鞋拿了一只。大概是小偷心慌意乱，慌忙中没看清有两双鞋，拎着两只鞋就走。这便让教授哭笑不得了，教授拎着另外两只鞋不停地说："留下这两只鞋有什么用呢，他不能穿，我也不能穿，浪费嘛。"

这几句话，教授反复说了好多遍。然后，教授又把

荡不起来的秋千

那两只鞋放在门口了，教授跟妻子说："干脆，这两只鞋也放在这儿，让那个小偷一起拿了去，反正留这两只在这里也没有用，不如给那个小偷穿。"放好，教授又做了一件很书生气的事，他写了一张纸条放在鞋里，这纸条是这样写的：

这两只鞋我不再收进去了，一并给你，望你穿着我的鞋走正道，以后再莫做这种事了，做个堂堂正正的人。

门关好不一会儿，就有人敲门了。教授打开门，看见一个邻居站在门口，邻居跟教授说："教授把你的鞋收进去，一不收进去就会被小偷拿走的。"

教授笑着说好，说就收进去，但邻居走了，他并没把鞋收进去。

又是一会儿，也有人敲门，教授把门打开，门口又站着一个邻居，那邻居也跟教授说："教授把你的鞋收进去，一不收进去就会被小偷拿走的。"

教授还是笑着，说就收进去，但邻居走了，他还是没把鞋收进去。

这个晚上，不时地有人敲教授的门，每次，教授把门打开，都看到门口站着一个邻居，那些邻居几乎重复着一句话，都说："教授把你的鞋收进去，一不收好就会被小偷拿走的。"

教授每次都允诺，但那鞋依然放在门口。

过后有好一阵没人敲门了，这时很晚了，是深夜。但深夜的时候又有人敲门了。听了敲门声，教授叹了一声说："看样子不把鞋拿进来，今晚别睡了，我还是把鞋拿进来。"说着，教授起身去开门。

把门打开，教授看见门口站着一个半大不小的孩子。

孩子手里拿着几只鞋，孩子说："叔叔，我来还鞋。"

岁 月

这大人这里看看那里望望，然后说："这幢屋真大呀，像个城堡。"

　　我住在一幢大房子里，这幢房子五重直进，里面有100多间房子，住了几十户人家。每天，我们这幢大房子里都人声鼎沸，鸡鸣狗叫。尤其是过年，更热闹，整天人来人往，热闹非凡。我们的房子都是崭新的，许多大门漆了红漆，油光锃亮。还有许多瓦，也是红红的，太阳一照，一片通红。大门外有旗杆石，上面插了鲜红的旗帜，非常好看。一些人坐了轿子回来，轿子上打着旗罗凉伞，有说不出的繁荣。当然，那时候我还不知道繁荣这个词，我是听人家说的。

　　不仅我觉得我们房子大，就是大人，也觉得大。一天就有一个大人到我们这儿来玩，这大人这里看看那里望望，然后说："这幢屋真大呀，像个城堡。"

　　听他这样说，我又告诉他，我说我们村这样的大房子有几十幢。我说着，用手指着一个耳门，我说不信你从这里出去走走，一幢一幢大屋子，连在一起。那大人听了，看看我，说我先去看看，等一会儿再来。说着，那大人就从耳门出去了。但那大人再没回来，大概，他不认得回来了。

　　我也有一次走不回来，我从一个耳门出去，到处钻。结果不知道钻到哪里去了，最后是我爷爷找到了我。后来，我再从耳门出去，爷爷就跟我说："不要乱钻。"

　　可我偏偏喜欢乱钻。

　　有一年夏天，天太热，我不愿走出大门去外面玩。我只在屋里玩，我这扇耳门钻钻那扇耳门钻钻，到处玩。一个多月我没出去过一次，但我一点儿也不觉得烦。相反的，我觉得玩得很开心。

　　我们那儿，像我这样喜欢到处钻来钻去的孩子，还多得很。

　　一天就有一个叫月月的女孩，她住在另一幢大房子里，她钻到我家里后，就不走了。我问她为什么呆在我家里。月月说这是她家里。我就说胡说，这是我家里。月月听了，忽地哭起来。月月说这是你的家，那么我的家在哪里呢。后来，还是我爷爷把月月送了回去。

　　我跟月月也会在一起玩，还有双双田田伟伟，我们都会在一起玩。我们喜欢玩一种捉迷藏的游戏，我们七八个人或十几个人，都躲起来，让一个人找我们。这游戏我们玩过很多次，我没有一次找别人，都是别人找我。但从来没有人找到过我，这原因大概是我们这儿大房子太多，我们随便往哪一扇耳门出去，就可以连通几十幢屋子，让人家怎么找。玩到后来，找我们的人找不到我们，便一个人回了家，我们的游戏，就这样结束了。

　　看来房子太大了也不好玩。

　　一次我又跟月月双双田田伟伟一伙孩子一起玩，我们先猜锤子剪刀布。结果我输了，轮着我找别人。游戏开始后，一伙人顷刻间不见了，我便去找人家，一扇一扇耳门去找人家，找了许久，也找不到一个人。我是个很古怪的人，我喜欢把一件事做到底，不喜欢半途而废。越是找不到他们，我越想找到他们。我还那样到处找着。后来，天就黑了，我这时候想回家，但我还是不甘心，我到处钻着，想把双双月月田田伟伟他们找到。

　　也不知过了多久，我还在黑暗中找着，我只要听到一点声音，就说："是双双吗？"或说："是月月吗？"但他们谁也不是，他们是一些我不认识的人。有时候，它们根本就不是人，它们只是一些狗或者猫，见我过来，它

们倏地一声跑走了。

我还在找着。

也不知找了多久，我又听到响声了，我大喊一声，我说："是田田吗？"那人听了喊，走过来。我看见，他是个年轻人，二十几岁。这年轻人走近后，看着我说："你在找谁呀？"

我说："我找双双月月田田伟伟他们。"

年轻人说："你找田田？他是我爷爷。"

我说："胡说，他怎么会是你爷爷，他才8岁。"

年轻人说："老人家你糊涂了吧，我爷爷早十年就80多岁，现在已去世十多年了。"

我惊慌起来，我说："你说什么，我是老人？"

年轻人说："是呀，你很老了。"

年轻人说着时，又围了很多人过来，年轻人见了他们，就说："这个老人要找我爷爷，还要找双双月月。"

大家就古怪地看着我，其中一个女孩子，看着我说："你为什么要找我奶奶。"

荡不起来的秋千

我说："谁是你奶奶？"

女孩子说："月月呀，她就是我奶奶。"

我说："胡说，月月才10岁，怎么会是你奶奶。"

女孩子便看着大家说："这个人说我奶奶才10岁，我奶奶去世都不止十年了，这个老爷爷怎么回事呀？"

一个人这时认真看了看我，跟我说："老爷爷，你大概以前认识我们爷爷吧，他们都老了，你找他们做什么？"

我也不知找他们做什么，我只记得我们在捉迷藏，我到处找他们，但一直找不到他们。现在，那些人说他们都去世了，他们怎么老的这么快呢。我记得我爷爷说过岁月不饶人，我爷爷真是说对了，我们才捉了一会儿迷藏，我们就老了，岁月真是太快了。

那些人走开后，我还那样到处钻着，找他们。我不大相信他们都死了，也不相信我老了，只要找到他们，一切就会明白。但遗憾，我没找到他们，不仅如此，我还发现很多屋子都旧了。还有些屋子，倒了。倒了的屋子

里长满了草,一片荒芜。有些屋子没倒,但也破烂不堪了,里面没住人,只关了一些牛,邋里邋遢。我记得以前不是这个样子,那时每幢房子都很新,大门都漆成红颜色,油光锃亮。现在,怎么会变成这样呢?

后来,我就捡到了一面镜子,我照了照,竟然发现我真的老了,很老很老。

我被吓坏了,我怎么变成这个样子呀,我叫着,呜地一声哭了。

在我哭着时,一个人在我脸上拍了一下,然后抱着我走了。我在那人抱着时醒了,我看见是我爷爷抱着我。爷爷见我醒了,就说:"你怎么一个人睡在这儿,也不知道回家。"

我说:"爷爷,我是不是很老了?"

爷爷说:"胡说什么,爷爷才老。"

我不做声了。

后来很久,我不敢捉迷藏了,我们这幢房子好大,真像那个大人说的一样像个城堡,我害怕我在这个城堡里乱钻,一生一世都钻不出来。

离　开

孩子说："那我不到河边来，我的生命总不会流走吧。"

荡不起来的秋千

　　有三个人，经常到河边来。这三个人，一个是孩子，他住在河边上，孩子一没事，就往河边跑。另一个是二十几岁的年轻人。还有一个老人，一个很老很老的老人。三个人都坐在河边，隔着不远不近的距离，他们都不说话，只呆呆地往远处看。

　　一天坐了很久，他们说话了，年轻人看了看孩子，跟他说："小孩子到河边来做什么？"

　　孩子说："你到河边来做什么呢？"

　　年轻人还没开口，老人开口了，老人也看着孩子，问他说："你先说说，你到河边来做什么？"

　　孩子便抬头看了看天，又低头往水里看了看，这时虽然是白天，但月亮已经出来了，月亮弯弯的，孩子看着它，跟另外两个人说："我来看月亮，那弯弯的月亮落在水里，像一只月亮船。"

　　年轻人说："你怎么会说水里的月亮像月亮船呢？"

　　"有这样一首歌呀，你听过吗？"

　　年轻人摇摇头。

老人也摇了摇头。

孩子见他们摇头，就说："我唱给你们听吧。"

说着，孩子唱了起来：

> 月亮船呀月亮船
> 载着童年的神秘
> 飘进了我的梦乡
> 悄悄带走无忧夜
> ……

唱完，孩子说："月亮船真美呀，我坐在这里，真希望月亮船摇近我，我一步跨上月亮船去，让月亮船把我载到那神秘的世界去。"

年轻人笑了一下，年轻人说："哪里有什么月亮船，你太幼稚了。"

孩子就看着年轻人，问着他说："那么你呢，你坐在这儿做什么？"

年轻人抬起头，看着远处，良久，年轻人才开口说："你看河那边，到处都是树，到处都是花，那儿一定比我们这儿美，比我们这儿好；还有，河的尽头，那是什么地方呢，那儿一定是一个更美更美的地方。"

年轻人说着，还念了一首诗：

> 远方怎么总诱惑着我
> 给我一双翅膀吧
> 让我飞遍天涯海角
> ……

老人这时也笑了一下，老人说："年轻人真浪漫呀。"

年轻人说："难道你不想这样吗？"

老人说："我跟你说一个故事吧，有一个人，总觉得远处好，于是他总往远处去。但到了远处，他又觉得更远的地方好，于是再往远处去。可到了更远的地方，还是那种感觉。尽管这样，这个人还是往前走了下去。最后，这个人回到了原来的地方。"

年轻人说:"这个人是说你自己吧?"

老人说:"也许是吧,我年轻的时候也跟你一样,总觉得外面的世界更精彩,为此一直在外面寻找那个美好的世界,但哪儿都一样啊。"

一边坐着的孩子,听的似懂非懂,他看了看老人,问道:"爷爷现在为什么喜欢到河边来呢?"

老人说:"我老了,走不动了,我只有坐在这儿了。"

老人还说:"人老的真是快呀,我的岁月,就像这河里的水一样,悄无声息地流走了。"

孩子说:"岁月是什么呀?"

老人说:"岁月就是生命。"

孩子说:"我的生命会像这河水一样流走吗?"

老人说:"会。"

孩子说:"那是什么时候?"

老人说:"很快,一不小心就流走了。"

孩子说:"那我不到河边来,我的生命总不会流走吧。"

孩子说着,起身走了。

年轻人这时又开口了,年轻人说:"老人家你说得很对,一不小心,一个人的生命就像这河水一样悄无声息地流走了。"

说着,年轻人也起身走了。

老人没走,仍坐在河边。孩子和年轻人走远了些,看见老人变小了,还远些,老人就变成一个点了,再远,老人就不见了。孩子看不见老人,就问那个年轻人说:"那个爷爷呢,怎么不见了?"

年轻人说:"他被岁月的河流淌走了。"

孩子说:"幸好我们离开了。"

千百万年后，这人居住的小屋被当做化石挖掘了出来。专家经过反复考证后得出结论：人类在中古时期的20世纪末也会像蚕一样作茧，"作茧自缚"一词大概出自这一时期。